樓塔詩韵

中共杭州市萧山区楼塔镇委员会
杭州市萧山区楼塔镇人民政府　编

浙江工商大學出版社 ZHEJIANG GONGSHANG UNIVERSITY PRESS | 杭州

图书在版编目(CIP)数据

楼塔诗韵 / 中共杭州市萧山区楼塔镇委员会，杭州市萧山区楼塔镇人民政府编. — 杭州 ：浙江工商大学出版社，2020.1

ISBN 978-7-5178-3623-0

Ⅰ. ①楼… Ⅱ. ①中… ②杭… Ⅲ. ①诗集—中国—当代 Ⅳ. ①I227

中国版本图书馆 CIP 数据核字(2019)第 265688 号

楼塔诗韵

LOUTA SHIYUN

中共杭州市萧山区楼塔镇委员会
杭州市萧山区楼塔镇人民政府 编

责任编辑 张晶晶
特约编辑 李大军
封面设计 林朦朦
责任印制 包建辉
出版发行 浙江工商大学出版社
(杭州市教工路 198 号 邮政编码 310012)
(E-mail:zjgsupress@163.com)
(网址:http://www.zjgsupress.com)
电话:0571-88904980,88831806(传真)
排　　版 杭州朝曦图文设计有限公司
印　　刷 杭州宏雅印刷有限公司
开　　本 880mm×1230mm 1/32
印　　张 8.625
字　　数 225 千
版 印 次 2020 年 1 月第 1 版 2020 年 1 月第 1 次印刷
书　　号 ISBN 978-7-5178-3623-0
定　　价 38.00 元

序　1

楼塔古称“仙岩”，因传说东晋名士许询在此隐居，后羽化成仙而得名。从唐末形成集镇，楼塔迄今已有1100多年的历史。“四围山色九曲溪，半是仙源半是城”，这是千年古镇楼塔的真实写照。

楼塔与诗是有缘的，唐代诗人王勃曾在仙岩题诗：“崔嵬怪石立溪滨，曾隐征君下钓纶。东有祠堂西有寺，清风岩下百花春。”灵动和秀美的山水，以它的绵绵诗意，养育了一方人，滋润了一方文化，形成了“崇文向善”的民风，沉淀下了深厚的人文底蕴。

一个地方的发展，离不开文化的支撑与滋养。文以载道，诗以言志，诗歌是中华文化的精髓，是中国文学的瑰宝，千百年来，深受民众的喜爱。一直以来，楼塔镇高度重视对优秀传统文化的挖掘、保护和传承，为诗歌在楼塔的生长，培植着良好的土壤。2019年9月，首届“浙江诗歌节”暨庆祝中华人民共和国成立七十周年大型诗歌朗诵会在楼塔镇举行。至此，楼塔镇成为两年一届的“浙江诗歌节”永久举办地和“浙江诗歌双年奖”永久颁奖地。

千年古镇楼塔与诗歌又一次结下了深厚的缘分。首届“浙江诗歌节”期间，来自省内外的诗人、作家、诗歌爱好者等200余人，共同见证了这一诗歌盛会，同时到楼塔老街等地进行了采风。古色古香的楼塔老街、山清水秀的仙岩山、整齐亮丽的美丽村庄，以及被列为国家级非物质文化遗产的“细十番”、别具特色的“半年节”习俗等，让诗人们在楼塔开启了一段崭新的诗歌之旅。收录在这本《楼塔诗韵》中的诗歌作品，就是诗人们在楼塔的采风之作。

千年楼塔，自古风雅。当下，楼塔镇正在按照“古韵清水镇、文旅养心地、创新活力城”的发展定位，大力推进文旅特色型美丽城镇建设。在这过程中，楼塔将围绕“诗意浙江、美丽楼塔”开展一系列活动，进一步挖掘萧山作为浙东唐诗之路源头的佐证，打造一些富有诗意的文化节点，开展诗歌专题学习创作活动，举办校园诗歌文化节等，让诗歌在楼塔落地生根、开花结果。

诗情在楼塔涌动，诗意在楼塔盎然，诗画楼塔，是别样风韵的诗篇。

中共杭州市萧山区楼塔镇委员会
杭州市萧山区楼塔镇人民政府
2019 年 11 月

序　2

时光流年。

楼塔是我的老家,是我的出生之地。我的童年和少年时代就在楼塔这块土地上度过,我不仅目睹了村庄的发展,也目睹了楼塔镇的时代变迁。关于那一段生命中最重要的经历,我曾经写过一篇稿子,在《当代人》杂志发表。现在,我常常怀念那段光阴,怀念那些田野、那些人和事。世界上没有第二个地方像楼塔那样与我血肉相连了。

生活中的某些片段就是永恒。

的确如此。很多时候,只要我微微低头,那块土地上的事物就纷至沓来。我每次回到楼塔,走上曾经重叠着无数脚印的阡陌小道,登上曾经流淌过许多汗水的山道,站在清澈见底依稀欢声笑语的水库旁,乡愁就包围了我。对于故乡,我喜欢的作家福克纳曾说过这么一句话:“我的一生都在写一个邮票大的地方。”他的故乡奥克斯福是一座典型的南方小镇,中间是个小广场,广场中央有一位南方将领的雕像,四周一圈房子,其他什么都没有了。我的许多早期作品,其实都有小镇楼塔的影子,都有小镇楼塔的气息。长篇小说《大围涂》里也有涉及楼塔的部分,无论怎么虚构,我的心里总有一块坚实的土地。我始终认为,无论我走到哪里,我永远是楼塔的孩子。

变与不变,关乎未来。

楼塔的变化是显而易见的,尤其是这一两年,她的变化可以用翻天覆地来形容,来描述。千年古镇,变的是脸和身段,不变的是内心，是积淀千年的文化。青春焕发的楼塔，给人一种震撼。

2019年9月，首届“浙江诗歌节”在楼塔镇举办，中国作家协会《诗刊》社作为主办方之一。其意义不同寻常。毫不夸张地说，《诗刊》社在一个小镇举办诗歌节，那几乎是不可能发生的事。因为《诗刊》是国刊。幸好，楼塔镇有了这个“特权”。著名评论家、全国政协常委、中国作家协会副主席白庚胜，著名诗人、《诗刊》社主编李少君等一大批国内著名诗人亲临楼塔镇，并在镇上住了一晚，留下了美好的记忆。活动圆满成功，新华社、人民网、浙江日报、浙江新闻联播、中国诗歌网等重量级媒体都做了报道。从此，楼塔镇成为“浙江诗歌节”的永久举办地、“浙江诗歌双年奖”的永久颁奖地。这两块金字招牌意义非凡，必将给楼塔这块土地带来无穷诗意。

诗集《楼塔诗韵》，选取了近百位诗人的优秀诗作。他们在楼塔镇的美好时光，他们对楼塔镇的美好印象，他们对心灵和诗意的理解，通过楼塔的山山水水、方方面面予以呈现。感谢诗人们的创作，感谢诗人们对楼塔镇的偏爱。一城或一镇，一地或一人，在岁月长河里，或许会留下许多东西，但这些东西中，能留存最长久的唯有文化。一个富有灵气的古镇缓缓向人们敞开。现在，千年古镇的文化引线已然拉动，接下来，便是燃烧、爆发，形成独特的楼塔文化现象。我期待并且坚信家乡的未来会越来越好。

是为序。

中国作家协会会员、杭州市作家协会副主席、
萧山区作家协会主席　俞梁波
2019年11月

目录

楼塔，那些寻找乡愁的人（组诗）

麦 田

细十番

如果一支短笛能携春天走进心里
十种乐器便可统领千军万马
提"一条枪"，越"望妆台"
驰骋江南腹地

远眺大黄岭，岩坞口旌旗摇曳
丝竹声里，细十番和钱镠共同驻守一片净土

洲口溪畔，楼氏老宅鳞次栉比
雕梁画栋，一椽、一瓦
都有细十番次第响起

楼塔，那些寻找乡愁的人

在楼塔，那些长着陌生面孔的异乡人
都是寻找乡愁的人
一间老屋，一堵残颓的马头墙
即是乡关

他们鼓鼓的行囊
装着从《诗经》里背下来的诗句
踩着细十番抑扬顿挫的步点

他们都是虔诚的朝圣者，神明
安置在孤傲的心底
在横街、钱镠路，在楼英祠堂，在曼文纪念馆

今夜的楼塔，醉是必须的
是午夜的酒，是日夜吟唱的洲口溪
还有下祠弄那些读诗的孩子
以及粉墙黛瓦间隐约飘过的细十番

下祠弄的老人

在下祠弄，一个老人兀自坐着
晚霞，被七里八弄打造得曲曲弯弯
爬满青色蚯蚓的双手，紧握黄昏
岁月在脸上流淌成一条条洲口溪
每一条溪水都述说着一段平常的老故事

春天的绿色脚步已走远，啄泥新燕南飞
麦芒收起坚硬的触角，谷粒饱满圆润
你我若能切开雨季，羽化成仙
必定重生在楼塔的祠东，或是祠西

一些故人和沉默的往事从眼前经过

你只用目光做无声的交谈
细十番的乐曲，随熟悉的炊烟款款而至
雕塑般凝固的躯体，才会随节拍颤动

你不是“思想者”，你的目光没那么深邃
你只和我的父辈，和巷口每一块石头一样卑微
在楼塔的任何一条巷弄、一座老房子
都能把自己活成一尊雕像

关于楼塔(组诗)

流　泉

在楼塔,适于做一个古人

适于着长衫
穿布鞋
适于在布满苍苔的古井旁
翻一本线装书
适于在细十番的婉转中,聆听
一千一百二十一年的仙岩的声音
风吹不拐弯
楼塔老巷弄的青石板上,铺满唐朝返回的
月光……
气聚堂、庆善堂是乡愁
学古堂、走马楼是乡愁中不熄的灯盏
适于在上街和下街穿梭
邀约古典的老人
说太平,说一个楼氏家族
五百年兴盛与浮沉
适于饮酒赋诗
将自己比作王勃,写下
东有祠堂西有寺

清风岩下百花春
学习做一个古人,只要放轻脚步
洲口桥下的流水,就会
慢下来——

关于楼塔

我敢断定
我是到过楼塔的,并与洲口桥下的流水
交换过心声
与杨树弄的酱酒作坊探询过
制酒的工序与配方
我想起我的曾祖父
在当年的金钟弄
也一样把酒酿得炉火纯青
也一样在酒旗上写下
一茬茬醇厚绵长的
光阴
我敢断定
楼塔人的每一次回头
都饱含一种深情
和一束目光里的不凋与不羁
我与他们有一样的信念,一样的生活态度
因而,再次提及木头
乡人就告诉我
楼塔,其实是一团火
火光中,走过了一代又一代

在册页上
留存的每一块骨骼，都是明亮的
它们高悬在楼塔的夜空中
是不落的星辰
关于楼塔，外乡人的身份
是可以忽略的
即便，从未涉足这里的一切，我也断定
我是到过楼塔的

亲　人

给我带路的老人
姓楼
他说，整个楼塔百分之九十七的人
都姓楼，约两万人
他说，楼氏始祖是大禹第一百零二世孙
楼晋
唐末战将，官至兵部尚书
他说，楼氏定居至今，历一千一百一十五年
传四十代
血脉汤汤，名人辈出——

元末明初名医楼英
晚清“黑旗军”将领楼殿英
革命烈士、早期中共党员楼曼文
……
他说，每一个姓氏里

都有一个乾坤
一个故去的人,是一颗星辰

我告诉他
我姓娄,娄底的娄
只比你们少了一根木头
他说,“娄”与“楼”,很久以前是一家
同源于姒姓
老祖宗是那个治水的大禹,宗谱上
有记载
他说,有没有木头
又何妨?
来到楼塔,我们就是——
亲人

在这里的全部遇见,都是命数中
我所不曾泯灭的

楼塔三叠

涂国文

楼塔，美丽的女子
看你一眼，心底长出一句诗
看你十四眼
心底长出一首十四行诗
我连看了你一百眼
心底长出一首百行长诗

——题记

十　番

一池湖水，湖面上盛开着铙、钹、镲的荷叶
笙、箫、笛的蜻蜓，在水面上轻飞
琵琶、月琴、古板和阮的鱼群，跃出湖面
二胡、中胡、三弦拉起的清风，在荷叶间缭绕
一把中国提琴斜矗在湖岸上
阳光沿着琴弦漂流

一座土城，被细十番的音乐之水淹覆千年

水底沉落着金戈铁马之声、粘有药渣的陶罐
和名士的衣袂
水底的三条岔路，一条通往钱镠的剑鞘
一条通往许询手中的书卷
另一条通往西施的浣纱溪

浩渺的湖水，一半微凉，一半温热
微凉的是楼英熬制的古方药剂
温热的是从楼曼文生命中流溢出的液体火焰
我驾着扁舟，向着烟波深处漫溯
希望能与治水的禹王相遇
我是涂山信使
受命向他转交一封书有“候人兮猗”的信件

阳光如水，清风如水
粉墙如水，黛瓦如水，街道如水
洲口溪畔熙来攘往的女子亦如水
琴瑟齐鸣，我看见楼塔从一片水声里站起
背上文着古典与现代风格融为一体的刺青
手掌托举着一枝盛开的并蒂莲

悬　壶

楼塔多良医
楼英腰悬葫芦，走方济世
明辨人体血气、表里、上下、脏腑之分野
以知受病之所在

细察所病虚、实、寒、热之邪以治之
将一把草药，搁在陶罐里
武火煮沸，文火煎熬
熬出一剂起死回生的良药

楼曼文，一位更大的医者
腰悬一只名叫“革命”的葫芦
在中苏两国，奔走呼号
她把自己作为药引，投入鼎沸的时代
与百草配伍
熬制一碗无产者的药汤
挽救华夏衰竭的命运

洲口溪穿镇而过
像一根长线，系在远方的手腕上
那是楼英大夫在为大地悬丝诊脉
而新疆监狱是架在火焰山上的一只铁罐
楼曼文这株江南芍药
在沸腾的黑暗中，被煎熬成一味
香气弥漫的中药

楼英先生，如今世界病了，病得不轻
我想弃笔从医，追随您上山
找寻一种救治世道人心的药草
或者，像楼曼文女士一样
将自己化作一种药引
引药归经

唐　枝

一条溪如一条虬枝从洲口溪旁逸斜出
伸展到楼塔的街道上
我认出那是一条唐枝
岁月以波光的脚步在枝条内部走动
它在追赶远方的什么?
又将什么远远地甩在了身后?

一群蝴蝶从阳光中飞来,停栖在虬枝上
一个凤蝶般的女子也从阳光中飞来了
停栖在虬枝上
她在水面上张开白浪花飞扬的蓝色翼翅
她将纤足插入流水中
濯洗小小的风尘

一条唐代的虬枝,伸展在当代楼塔的
画卷里
一群蝴蝶和一个蝴蝶般的女子
像一丛珍珠梅,在枝头静静开放
在楼塔镇的秋风里,绘下一帧
秋日艳梅图

楼塔的千年（外二首）

董绍林

自浣纱溪过来的马车是否经过了楼塔
在奔往会稽的路上撒下无尽的回望
离乡不为爱情，去国只要复仇
越女作为一把匕首刺进最深的胸骨

这时候的楼塔宁静得只有古宅的炊烟
春水已然涨满了溪岸
木排顺流去浦阳和钱塘江边
那个撑排的人立成了一个苍鹰的样子

禹姒终究是个缥缈的传说
细十番的管弦成为一个仪式的祭奠
这声音娉娉婷婷地弥漫开去
催熟那正在抽穗灌浆的稻田

过往的千年，山峦记住了
流逝的百年，老宅深藏了

巨变的十年，村民分享了
洲口溪的流水再目睹一年又一年

楼塔夜风

夜风刚刚把诗一首一首吹过
酒已经在醒着了，红白相间
夹杂送来田垄稻穗的清新香气

一个个脸红润起来
分贝陡然提升

不熟悉的时空
却有熟悉的语言和节律
在陌生的古村

一群男女的欢愉开始弥漫
缺了水袖的越剧之腔也能袅袅升腾

千年的遗存等着回放
百年的沧桑等着编剧
十年的巨变又有谁来演绎

楼塔无塔却能聚沙成塔
如今夜星空下这班诗人的汇集

楼塔遗韵

你的骨子还属于会稽
与西面的浣纱溪执手相望
去往越城的马车留下了空寂的铃铛

细十番的遗韵是那年送别你的仪式
却终猜不透你究竟有怎样的离愁别绪

洲口溪水汇于浦阳江水
江水融于杭州湾的海水
你一去无悔,湮灭在虚无的帝王心机

楼塔的山水铭记了这一幕
楼塔的炊烟送别了这一路

管鼓了风,弦被拨动
和着星空,相念何处
河山未改,人已沧桑

去楼塔(组诗)

金问渔

去楼塔

原谅我从未听闻过楼塔
尽管,萧山与海宁
隔江相望

还请原谅我老眼昏花
错把楼塔看成塔楼
奇怪高德和百度
怎都遗失了这个地址

此后,此后
才幡然醒悟
不足一百千米的间隔呀
如我般孤陋寡闻者
当是笑谈

去楼塔
不爬楼,亦不登塔
不盘山,只绕水

山丘间巨大的平原
积淀的，或许都是
之江千里修行的泥沙

那么，让我也暂且做一粒沙吧
今夜，裹挟进诗意的洪流
在此间，歇一会
再歇一会

仙岩寻

“至仙岩酒店报到”

去楼塔的路上
憧憬着做回神仙

那仙岩
当为一巨大山岩吧
林木葱茏、奇花烂漫
曾有仙人结庐暂居
三五泉眼、七八溪壑
灵猴出没、酒浓药香

而酒店，定是倚岩而建
推窗，物宝天华、祥云氤氲

过钱镠路、古越路

咦，它竟坐落闹市之中
背靠农贸市场
左手商铺林立
右手田野旷远

巨岩何在
查典故，方知
前世仙岩，今生楼塔
上古的仙脉
早已大德无形
注入此间热土与
众生的血液

俗世即为仙界
那就让我酣然入梦吧
在洲口溪的臂弯中
在楼塔的庇佑里

方言墙

贝壳、卵石
来自溪流的馈赠
草筋、碎瓦
随处可拾的良材

在楼塔，与一堵墙相遇
赤裸的胸膛让我得以窥见

他成长的印记
斜砖、黄泥,一撇、一捺
刻画了最原音的“墙”字

两株凌霄欲攀援成乔木
杜鹃与蕨
扎根阴湿的底部
常春藤终究是客人
显得不太安分
绿植的梳妆
难掩百年沧桑
也凸显他刚毅风骨

狭路相逢的
还有稔熟的乡音
“奥滋搭味”“神洋湖盗”
分明是左邻右舍
把话家长里短
原来,语系的根须
竟如此漫长

触摸方言墙
恍惚间回到了童年
外婆,还在天井里纳着鞋底

近乡情更怯,更乱

幸有“门早会”
好的，我们明天再见
常来常往

茶客行

一盏茶的时间
阳光拐进了巷子

在楼家塔村
在卵石径深处
每一幢老屋
都如此茶般温厚酽醇

抬桥屋仍在
武举第依旧
义仓园三十号
门板的墨迹未干

富阳风、诸暨雪
左右逢源的村庄
前朝得得马蹄
仍在茶盅激起涟漪

只是我
终究来自外乡
品不出泡茶的溪水

取自洲口桥
抑或中祠堂桥

楼氏问

古镇居民大都姓楼
同姓可否通婚

导游说
怎么不行
我和老公都姓楼

导游前面走着
我们后面紧跟
从溪口路、前溪弄
绕至上街、横街
过走马楼,上新屋
合义墙门、四水归堂
一个楼氏后人
不容大家错过
家族每一个荣耀

她的窈窕背影在老巷晃悠
恰似巨树上新绿风中起舞

一个诗歌的舞台，在楼塔（外二首）

周小波

火热的喘息，拖住了夏天的尾巴
穿过楼塔的古街
走过洲口桥时被唐诗绊了一下
没有出口成章
楼塔古镇是有福的，绕过了细十番迷宫般的曲子
在丝弦、云锣、檀板中雕塑了唐宋
水袖打在了野猫的脸上
下一个街口
分流出诗歌和岔路

青石板路咬住了脚，时空的残片恍若隔世
好像在说，留下吧
没有错过时间，咖啡还是热的
街口的阳光还是旧的

一个诗歌的舞台，在楼塔
牵出了这个夏天最美好的故事
洲口溪滚动着喉结

花儿一样绽放的声音,蝴蝶翩跹
在这块土地上
伸展着阳刚打造的翅膀
飞得很高,让故乡不再因贫困而遥远
贫穷的尾巴不在身后
已被一代代楼塔的追梦人所斩杀

古镇行走在画中

鸟眼里总有太多的穿梭,或定格
不是鬼神,也不是仙女
其实感动我们自己的,是那份执着
一束光奔走
组成了形而上的光合作用
当然,不会像鸟儿一样分不清玻璃和天空
分不清保守与开拓

细腰的旗袍妹,在小巷走着猫步
大方地让你走进她的画框
嗨,城里人
我们用旧了的习惯,早已脱胎换骨
城市的骨骼延伸了
谁敢叫我村姑?

因为诗歌而成了朋友
有了好的药引子
让一首首赞歌抵达灵魂,带着 53 度的博爱

嗅到了薄荷香味时
青鸟自在飞翔,勾勒出山水
云穿着文了身的斗篷,加持在祈雨寺头顶
滑出画面的美景,目光擦过处
风在后寺院换了翅膀
换了神的行头

燥热的正午,踩着自己缩小的影子
一些细节就被放大
土地泛出了独有的苜蓿香味
氧分子从仙岩山溢出,推开了肺里的浓烟

在洲口桥的肩上

我停下来了,坐在你的肩上
你的锁骨清秀
如同一骨感女子
不忍心久坐

水草长发般飘舞
我在桥上捕捉着水妖的歌声
它被一只怪鸟衔起
回头时,眼里都是时空难解的方程式
我,仿佛看到穿着甲胄的钱镠王
射罢潮神踏浪归来
也看到王勃、孟浩然把酒迎风
谈笑吟唱

还有
先人们擦亮的身体,龙鳞一样闪着光
不用太在意
桥下的水,刻画着一个个写实主义的旋涡
那是奔向东海的密码

一泻千里,有宇宙信息在传递
水,这透明的生命体
为赴一场约会
与大海盐的约会
在尽力地奔跑
与诗一样的秘密藏在了舌下

楼塔二日，萧然自致（组诗）

慕　白

宿楼塔镇

天气渐转凉
鸿大雁小
风自北而来南
虫鸣亦古亦今
中秋不远了

路过一片稻田

月亮有点孤单
悬挂在空中
明天就是白露
桂花树却看不出
和昨天的不同

夜读许玄度

狗叫有点世俗
突然而陌生
推窗,漫天繁星
没有一颗比我早睡

仙岩山记

仙者,山人梦也
山上有树
可樵
山下有田
可耕
溪中有水
可渔
许询在此筑室
可隐
山水可放牧
钱镠试石
不可都

萧然自致

古今风雅者
不在

鸟语花香
四海无弃田
岁熟丰稔
晴可耕
雨可读
而心中有清风

细十番

非遗
不多也
遗老遗少
笛清不如箫和
民间立场
此曲
爱在天地间
老人
小孩
皆宜

楼塔古镇

祠堂听绍剧
老人
似弥勒
如菩萨
门口

下棋
吃茶
晒太阳
何必去远方
此地有诗
有酒
溪边有座桥
有浣女
小镇水清
东边祠堂西边寺
老有所依
便是
乐土

楼塔回文成途中

生命是怎么样的?

许询隐居成仙,支遁论道讲经
黄巢点从化善,楼英著书立说

每个人都在回家
或者出门

你有没有想过
你死后会去哪里

楼塔印象（外二首）

黄祥云

在仲秋时节走进千年古镇
走进一幅秋意浓浓的图画
白墙是用白云涂刷的
黛瓦是用黑土烧制的

慢慢走过洲口桥
百年了还那么硬朗
跨过楼塔溪
千年了还那么生动
穿行在宗祠、深院和弄堂
那一扇扇沧桑的门扉
一条条履迹斑驳的石板路
隐约着唐宋遗风明清往事

这里是秋天的故乡
悠闲、散淡、自在
适合养生也适合隐居
穿旗袍的女子娉婷而过

房前的清水迤逦而过
外乡人,请你在街角坐下
听听雅致的细十番
尝尝清明果
或者下一盘棋
落子声中
秋意更浓了

而我愿意做一根青藤
匍匐在古墙上
在微风的弹奏下
附和着楼塔清水的浅唱低吟

许询的选择

这个世界上主要有三条路
一条通往庙堂
熙熙攘攘
一条朝向江湖
热热闹闹
一条抵达隐居
冷冷清清
不管是古人还是今人
总在其中一条路上走着

一千六百多年前
那位名叫许询的人

远离庙堂和江湖
从百药山下来
沿着楼塔溪
走到龙潭边
垂下一颗禅心
钓上几行玄言诗句
目光潭水一样清澈
灵魂白云一样轻盈

趁春光明媚
邀三五知己
曲水流觞
吟诗作词
引来一只孤鹜几朵落霞
数点桃红一片柳绿
留给仙岩多少风流

神医太公楼英

在楼塔
有楼英村、楼英祠堂
这位生活在六百多年前的医家
是楼塔人最为骄傲的先祖

良相治社会
治大国如烹小鲜
良医治疾病

阴阳五行化生万物
在神医太公的眼里
皇帝的命和穷人的命一样珍贵

从《黄帝内经》和《易经》中
萃取医道
从百药山上采来中草药
不知楼英治愈了多少病人
而他引以为傲的不是
“父子郎中医治父子皇帝”
而是那部皇皇巨著《医学纲目》
多年后
成了药圣李时珍的重要参考
惠当代,惠后代,惠天下

在楼塔采的一缕风(组诗)

钱金利

在楼塔采的一缕风

时间爬过江南的额头
时间从墙角,爬过窗棂,用了一百年
爬上门楣,又用了一百年
爬上檐头,爬过屋脊
他说,他已经忘了
是多少个一百年后,他才爬在了
高高的马头墙上
穿过重重叠叠的时间
他望见自己的脚
都印在了爬行的路上
像一片一片沉默的瓦片
江南啊
一个一百年,也敌不过一片
小小的瓦片

小窗轩

昨日清晨,我经过一个窗口

她用目光，举起窗轩，和窗轩上的天空
天空很蓝，凝望走过青石板的一个我
和另一个我
那目光，被刀石反复打磨
磨得很细，却不尖锐；磨得很薄，亦不锋利
我走在不尖锐亦不锋利的目光之上
不敢回头
那目光里有人影、有时光
有青苔在慢慢地往上爬
那个斑驳的窗口
是一个家日里夜里睁着的一只眼
有一千年了吧！她说
她在望着他

一个人，是慢慢清晰起来的

先是一个汉字，又一个汉字
和另一个汉字结合在一起
然后是一只眼睛，另一只眼睛，聚焦
汉字与汉字产生的化学反应与
眼睛和眼睛的相遇
是一样的
只有在唱出夜夜夜，或者喝下酒酒酒
那嘴巴，和那脸孔，才会浮出陌生的背景墙
像一组立体的雕塑
一个人
是慢慢清晰起来的

我握住伊不停言语的舌头
此刻，不要说话
让一滴酒，把清晰的人
再慢慢模糊回去，像回到从前

晨起，无题

我是在一种水中死去的
又在另一种水中活过来
活过来之前，我发现
活过来比死过去，要缓慢得多

我的心里架着两座桥

楼塔人口中，并排架着两座洲口桥
一座通往古镇，另一座也通往古镇
一座开车，一座走路
一座新的，一座老的
一座快的，一座慢的
我的心里也并排架着两座桥，一座通往你
另一座也通往你
一座通往过去的你
一座通往现在的你
所以，一座是旧的
一座是新的
旧的那座很快
我只要一想你，就可以穿过桥

遇见十年前的你、廿年前的你
像楼塔
回到古镇，回到一千年前的你
新的那座却很慢，慢得
够不着你

听花后

听花后，紫色和绿色交错升起
紫色的蝴蝶，绿色的兰草
铜钱草上的风，米色而温暖
天是蓝色的，云是白色的
听花后的耳朵，是各种颜色
各种形状的
像一朵一朵的花
开在了空中
我在古镇的狭窄的天空下
傻傻地看着一个门楣，用唐楷写着
"後花廳"

比时光更轻的

有一些时光，需要折一折，叠一叠
打包进一条巷子，或者一块石头
挂上"文魁"，挂上"武魁"
四个汉字，让一片平坦的花岗石
陡峭站立

蟒皮上的二胡
牛背的鼓点、指间的中阮
还有你舌尖的“洞房花烛”
把花岗石,一一填满
不大场地可国可家可天下
平常人物为将为相为宦臣
一块石头,就是一个戏台
你站在那里,你就是古戏台
舌尖上一生,石头下千年
那些浮在时光之上的戏文
多像此刻的你我
在古镇
我不想说到许询,说到钱镠,说到细十番
那些被反复说出的
都是比时光更轻的秘密
连石头
都漂浮在时光之上

楼塔，整个秋天是我的床（外二首）

过承祁

老宅的窗格把秋分了
屋内的一半是等待
屋外的一半是丰收
整个秋天是我的床

四围的山色想要守住
被溪水弯曲的时间
守住的那部分是家
守不住的那部分是乡愁
整个秋天是我的床

竹苞松茂，小巷深处
我的手心与手背
手心里是你的手背
手背在你的手心
整个秋天是我的床

过洲口桥

桥面下的水声，不断地打磨时间的节点
时光如兰花草一样，绽放
一种细十番的宫廷音乐

无论是整片的浓荫，还是细碎的阳光
人的脚印一直在互相涂涂改改
是少女的琴声，清了又清弄堂的风

视履考祥
楼英村和我哪一个先醉
跷跷板的一头是灯彩与书画
另一头是仁德传芳，瑞应吾庐

桥上的石板等待词语的蹒跚
喝一杯姜茶，发点微汗
盛情难却
毛豆和笋干以及绍剧的邀请
而路边
一枚枚蓬勃的秋葵钉住了一片片流云

茶　歇

一杯茶，解开楼塔的衣扣
触及楼塔最柔软的部分
心一下变得安稳了

小楼的窗或许是它的眼
两扇门或许是它的唇
还有一口井
昨夜又东风
抚摸到词语的痒处

喝一杯茶,歇一歇
洗尽铅华
回来了
你还是你,家还是那个家

楼塔寻仙记（组诗）

沈秋伟

村口千枚岩

很想知道他为何喜欢楼塔
今天便要进山一探缘由

岩上村口那一簇绢云质千枚岩
十亿年修炼，形如剑出鞘
内心却绢丝一样柔肠百结
深藏着一缕缕真气与魅火
对修行者有勾魂的力量

永和九年的春天
许询醉别山阴好友王右军
化作一羽秋蝉飞来楼塔
一头撞进千枚绢丝编织的迷离风情
临潭修道，倚石成仙

我生亦晚，共和国七十年
才得以追随大才子王勃来此寻仙
只见得山中秋草丰茂

却惘然不知仙人之所踪
只能化作另一只秋蝉
访遍每一株草木，今夜
白露打湿了我寻仙不得的惆怅

药山石泉歌

吕纯阳肩挑百药途经此地
见农人中蛇毒却能嚼草自愈
叹一身医术已无用武之地
羞将百药弃于此山
有山泉滋润，助药草还魂
漫山遍野便繁衍神仙草

一些药草的枝蔓越过宋元明清
爬过民国的粉墙黛瓦
伸进我的诗里弥漫起芬芳
让我跃跃然想写一首诗歌

且借石英片岩中两三粒透明意象
治愈我诗中那些病灶
强壮起我心中的山峦
唱一首药山石泉歌
好回报楼塔友人今天送我的
那一笼中秋滋味

听琴南书苑

令耳朵痴迷的是琴声的清丽婉转
这是何处传来的天籁之音
令眼睛发亮的是抚琴女娃的国色天香
这是哪里下凡的红衣仙女

这声音从时间的上游缥缈而来
空中未曾受到一丝丝污染
仙风神韵没一点点走样
这女娃定是东晋遣来今世的天使
由楼塔的仙人悉心调教

她的指尖在弦上舞蹈得多么奔放
舞出了山光水色
此刻,南书苑布满了秋光
她的指尖在弦上舞蹈得多么柔顺
奏出了曲水流觞
甘甜的日子在仙乡缓缓流淌

射覆清燕楼

朗诵会之后,那些意犹未尽的
现代诗人,纷纷移步清燕楼
也想模仿古人行射覆之乐
隔座送钩,好夜饮一杯又一杯白露

这边厢覆一个李商隐的楼字
那边厢便射了个桂字
合了“画楼西畔桂堂东”佳句
满园子桂香便漫过清燕堂
浅饮的人也有些醺醺然

可惜我辈诗人的书袋子有点浅
以射覆为无趣,只好来猜枚
三杯两盏烈酒之后
吆喝之声便不绝于耳
江湖浪句旋即堆满酒桌
仿佛诗歌节朗诵会有了续场
人生的酸甜苦辣也一齐汹涌杯中
波涛从清燕堂出发,流向钱塘江
眼看着就要引发一场中秋大潮

诗赞细十番

祖上的故事在山间
飞鸟鸣叫,走兽奔跑
要知详情就去问一问山中万年青
祖上的故事在水中
细沙喧哗,奇石微笑
鱼群爱戏谑慢时光
青蛇已修炼成仙
化作村里一枚新嫁娘

三月风,吹绿百草新面孔
富家贤达,意气风发
养育出名医、名士、名乐师
六月的雨神光顾了百姓家
半年节的丸子溜溜滑
外出的游子请快快回家
八月的月亮照亮了才子和佳人
细十番的音调楼塔的腔
笙箫里那一肚子乡愁在发酵

在萧山，在楼塔（组诗）

金晓明

家在江边住

从越剧婉转调腔中
寻你而来
当年的钱塘道上
小九妹与梁兄的身影早已远去
十八里相送长亭路
一直还在此去杭城途中
江边那个不起眼的小村庄
瓜苗一样，爬满了旧日滩涂
往日低矮的房子
在咸涩江潮中越长越高
隔岸相望的两个世界
从道路和桥梁的延伸中
一次次拉近，一次次超越
灯火不会说话，它似一双双眼睛
向黑暗处追寻光明，光明处
俯视这片绝世的繁华

这里，随处流淌着诗意

钢筋水泥的丛林中
诗意
在枯竭
那些对酒当歌的人
借着一股酒劲，喊出悲怆的调子
这些散落酒桌下的陈词
谁愿意再去打捞、整理它们

那些因饥饿重拾镰刀的人
仿佛嗅到泥土翻动的声音
他们一个个从杯中醒来
当初麦浪能给予的，江潮一样能
烦躁在退下去，诗意高涨起来

这是一座尤其幸运的城池
一夜间，缪斯女神筑梦于此
一座古老的现代小镇，被诗歌高高托起
穿越沧桑斑驳的楼氏门庭
热血似潮，舒展着灵性的翅膀

别人无法企及的另一面
诗歌可以，翻开旧时光影底色
踏浪而来的命运之神
让一群不甘寂寞的人
扯起喉咙，唱一曲最美赞歌

秋天,在楼塔

不是因为喜欢这个季节
才一路追随,去楼塔
一个不曾在我生命里出现过的地方

与秋天相遇,与诗歌相遇
与许多美好的事物相遇
楼塔,已在此惊艳了一千多年

初识楼塔从一首唐诗开始
一座古镇,一个个深藏历史的院落
与一群拈手吟诗的人握手言欢

在楼塔,我们交换着彼此信物
你用远古的诗文,我用心底的真诚
看一夜月色,擦亮又擦亮

我不懂,那些惜酒似命的人
如何将一句句铿锵激词,改写成
缠绵悱恻,清新亮丽的诗行

今夜,我站在觥筹之外的某处
独饮明月
清风徐徐,整个世间
已醉去
唯独我一直清醒着

楼塔记（组诗）

何玉宝

因姓而名

那一缕旧时光来自唐末
星辉月华在溪水里泛起传说
说的是钱镠筑城、楼晋兴族
洲口是家史，也是镇史
“塔”只是聚集地的代名
“楼”才是传承千年的文脉

在楼塔寻塔
恍若在历史长廊里漫游
有人往前追溯，魏晋风度早于镇史
许玄度隐居仙岩羽化
王子安途经此处
题下“清风岩下百花春”的佳句
说清溪涓涓、繁花茂盛
是前人隐居的理由

置身楼塔，洲口溪如龙蟠
仙岩山如虎踞

“塔”是岁月高擎的火炬
一方沃土经过宋元深耕、明清修整
支撑起一个姓氏不断繁盛——
楼，楼塔的楼
万人聚居的楼

楼塔，穿过根深的文化印记
一方土丘是繁衍的根基，她——
扼守两浙要冲，她——
因姓而名

关于“楼”的荣耀

穿过楼塔，穿过一部家族史
——她把千年荣耀隐藏于街巷阡陌

洲口溪是一个家族的见证人
“军镇守”楼晋用戎马生涯传下荣耀
从唐末到民国，到如今，千年相承

老台门是荣耀的见证人
一代名医楼英
革命烈士楼曼文
“成仁取义”的楼维清……
他们像楼塔的星辰
闪耀在千年镇史里

在楼塔漫游
有关“楼”的荣耀
镌刻在老台门口一幅幅匾额上
闪烁着岁月的金辉

小巷遐思

我们远道而来
在风平气和的艳阳下走进楼塔古镇
寻找沧桑记忆
度过慢时光

穿过悠长小巷时
面对艳阳遐想细雨纷飞
只有雨,你才会遇见撑伞姑娘
上演诗意江南的邂逅

阳光让影子健步
雨的遐思留下另一场预约
那时候,你会邂逅另一种美

楼家四小姐

我在一首情景诗里认识你
在一座纪念馆里读懂你
你叫楼曼文,民国的楼家四小姐

故事总是曲折的,要经历生死考验
要被审查,要冒着腥风血雨
要用羸弱的身体支撑信仰之花盛放
要在他乡思念故乡的青山绿水

而这是事实,你放下四小姐的安逸
去寻找活着的真谛和革命的真理
你给一首诗提供了写实的原型
给一个话剧演员提供了角色的范本

在一个舞台上,我看到她一身戎装
演绎着你四十一年的人生
在一座纪念馆里,我看到你魂归故乡的夙愿
看到你在青山绿水间飞翔
在古街老巷里重新做回楼家四小姐
只是把旗袍换成了一身戎装

江　南（外二首）

吴沁沁

楼塔镇的日与夜、巷与街
还留有诗人豪情挥就的诗篇
青石小路上谁先忆起了华年
连走过的和风也不忍慰藉
锦瑟一捻再捻，阳关唱罢三叠
仙岩依旧似从前，天上人间
哦，江南，我梦萦的江南
生动的再不止一把青纸伞
乌篷船支吾地摇头晃尾
原被摆渡人遗忘的还有细十番

萍　踪

那晚的楼塔镇牌坊还如往常般
静默地矗立在洲口溪附近，守望绿荫
我们彳亍在路上，包裹着夜色的纱衣
吐露内心的秘密，步子随风轻灵
站在桥头我用力握住了一双手

没能幸运地聆听到高山流水的和鸣
失望不着痕迹，油然而起
回程路上，一位诗人点燃了一支烟
把黑夜戳了一个红色的窟窿，从此
楼塔镇的街口再不止酒意诗情

致　辞

送别你，目光是朵温暖的紫茉莉
你可知，花气伴着的晚凉最有情
任随秋风吹紧也扫不去痕迹
不成曲调的离音只是没情绪，无据
总觉你的身影比梦还缥缈神秘
你说距离是一种美丽
却忘了深知必须走近
请原谅我笨拙的言语，没有全尽
但请你相信，这一晚，你和我
分定的方向都将成为记忆的霹雳
唯愿无事常相聚，再见可期

重合，楼塔的那些词曲（组诗）

程亚军

唱戏女子的正面

只有这曲曲折折的楼
才能有飘缕的小曲传出巷子口
台子矮，矮凳高
台上台下的时空交错被拉平
多么地应景，今人诗赋
依附一个郁郁不得志的古人
——女诗人林黛玉的焚稿，吐露心声
"一生与诗书结伴，与笔墨结亲"

只盼高山流水遇知音，到头来只剩
一弯冷月照诗魂

细十番的侧面

塔和楼，具有高度的建筑物
拼成一个地名的宽度
塔，搭建的层次远在高山
楼，每幢楼却紧挨地面

从上推测,谁在这里生活过呢
他们带来一些宫廷的做派
在空旷之处,他们组成方阵
笙、箫、笛、琴、胡的多重演奏
花好月圆,春江花月夜……
细十番把我们带回千年之前或更往上

琴声越过无数座塔尖
落在楼塔的一个侧面

曲调的重合面

默念一万遍的唱戏女子
弹奏古琴的长者
她也成了纸上的林黛玉
他也成了上古传说中的大禹
没有胭脂水粉的涂抹,也不逊色
没有立功受奖的勋章,他也平淡
理解了唱词的她,眉目间显出几抹
令宝哥哥心儿重的轻云
沉浸在她与二胡的配合之中
忘记了替她递上揩泪的丝帕
忘记了身处塔楼的哪一面

重合成小镇生活的腔调
曲和词走到哪里,就配合到了哪里

楼塔，没有塔（组诗）

严敬华

楼塔，没有塔

楼塔没有塔，所有向上姿态都隐藏在
一座座楼的生活哲学里

一千年的唐时明月在屋檐下铺排出
小巷深处深深浅浅的记忆

那些安置乡愁的老墙门，修葺风骨
似一张剪纸，轮廓分明地绕过了人间烟火

——静如处子，不稼不穑
每一个向度长成童话

阳光，在斑驳老宅上走着猫步
空旷许久的葡萄架暗中虚构秋天

行走世间，我只想看一眼认真缥缈的炊烟
在山水人家里翻阅庄子的目光

此刻,遇见归人或过客的视线
不愿空出一截截有形的虚妄,彼此辜负

洲口桥:秋天的入口

与坚硬的事物打交道久了,就想着柔软
比如在洲口溪畔
随风跌宕

心,放到最低处,脉搏在流水中律动
低处的灿烂顺着石头质地
在河岸表白和沉默,抑或生苔

那些静止的事物试图建立新秩序
摘取一些词语,做隐秘问候
所有与秋相关的色彩都在回归

在洲口,我迷恋上了行走的灵魂——
混迹于湿地边,太阳突然柔和
静谧的花开是一种寂寞

每一次灿烂,都有一段沉默时光
低处的卑微历程
——我们把它叫作秋天的入口

细十番

提炼一种合奏乐，需卸下生活之重
退居乡野的笙、箫、笛、琴、弦和木鱼
或坐或站，开合之间——
云锣、汤锣、檀板、大鼓搬动意象

曲调流过指尖
童年的一部分记忆，越过那道仙岩
从时间的灰烬里
试图组合出几句阳光般的诗

推开窗，交出平庸而单调的日子
和花朵一起穿越轮回
宫商之间，沿着天籁的悠扬
找回最初的片段

于黑暗处摆渡幽雅
音符，错落有致
缝补浮世的伤口
锋芒匍匐——
恰似从九重天罅里偷来一束光
在内心里疯长
那一瞬，恍若希声

半夜三更，浅隐在钱镠路上

钱镠在仙岩劈了十八斧头，那神情——
坚毅而隐忍
体内跑出一只鹰隼

半夜三更，酒的质地支撑起豪气
浅隐者游弋在钱镠路上，反复打磨皮囊

与一片黑暗对视，适合一个人绽放
蛙叫、虫鸣、狗吠，试图打捞丢失的部分

裸露的肌肉在封地不会隐去
忘记龟裂，弧线般划出守望的痕迹

苜蓿花以水鸟的姿势，悄然发芽
触摸到的黎明最终带着漫山霞光而来

假如我们不曾相遇(外二首)

林海蓓

像这些年我们走过的江南小镇
白墙青瓦,石板小路
每扇窗棂后面
仿佛都有故事

假如我们不曾相遇
这些小镇
只是记忆中的一个名词
一路走过
难再回首

没有期待
只有风景

可是,楼塔
窄巷里传来的细十番
分明是你的召唤
一声声

穿越时空的阻隔

有人羽化成仙
有人仙岩题诗
有人成仁取义
有人胜利归来……

耳际充盈的
是你一千一百多年的往事
一件件
后人如数家珍

唐朝明月,宋时流水
来来往往的
都是历史典故
让一座小镇
熠熠生辉

楼塔,那一夜的月光

月光照在窗外
我们不知道
这月光
会越过多少年的流云
如一生般漫长

月光无声

默默地凝望
不着一字的天空
留下了无尽的想象

瞬间就是永远
多少深情
化为一地薄霜

月光洒在地上已不再是月光
是水,是时光,是心的苍茫

宅院里的古琴声

老院里
一位女孩抚琴的模样
让我难忘

我们随意地走在古街
一定是被这琴声吸引
许多零乱的脚步
在这里安静下来

院里有些闷热
琴声如风
一阵阵拂面而来
让人久久不愿离开

女孩,小小的身体
仿佛发出巨大的能量
多少寂寞与繁华
都在她轻盈的手指下飘散

楼塔印象（组诗）

张小末

坚硬与柔软

这是岩将庙，这是楼晋祠堂
这是洲口溪，这是仙岩山
三市要冲，兵家必争之地
在楼塔，他们都曾抱着气吞山河的决心
山水遥迢，时光冲缓了一切
他们颠沛跌宕的一生
如今都浓缩在一亩方塘之内
"崔嵬怪石立溪滨，曾隐征君下钓纶……"
走马楼，三十弄
前花厅背靠后花厅
巷口的铁器铺子，种子萌发出新苗
医官与进步女青年，都曾救治过
一个时代的病症
在楼塔，我听人讲述一个传奇女子的故事
宏大的章节里，一些细微的注脚
更打动人
她柔软的双手，曾写下一封
与旧时光决裂的书信

那一粒活泼泼的汉字，曾冲破桎梏
也曾在一株桂花树下
散发着香气，似有若无——

从楼曼文纪念馆至楼英祠堂

她意欲救世，他悬壶救人
跨过一条弄堂
是一个时代与另一个时代的交替
参观者鱼贯而入
导游专业的声音里
我们点头、仰望，注视她的雕像
光线聚拢
自屋顶倾泻而下
那被歌颂的另一个主角
秋天的第一缕甜
凝聚成时光薄薄的碎片
但很快，我们被竹编的器物吸引
女诗人挎着小篮子拍照，惊叹于细腻的手艺
田园之乐——
万物易朽啊，我们总是迅速代入一个故事
又迅速抽身
从一封家书到一帖方子
纸上相逢
无非是几粒汉字之遥
在一杯喝至寡淡的茶水里，我看见她

天真的眉眼
而窗外,细十番一曲正罢

漫游记

一个地处三区交界的古镇
一座桥,一块牌坊
祠堂、故居、纪念馆
有关抗争、粮食、一个氏族的荣辱
但没有爱情

但这或许符合历史的
另一种解读
要塞之地,耕读传家,节俭维风
雕梁画栋今犹在,黑白影像里
她的眼神微光闪烁

呵,这被打开的一截旧时光
我们所窥见的侧面:水墨、古琴
画院、人体雕像
细十番婉转千余年的笙箫笛琴之音
老式剃头店里衰老的面孔

在修葺后的楼塔,风吹过
三十条弄堂
也吹过洲口溪的潋滟波光
时间煮雨

不朽的
恰恰是缓慢的事物——

古镇古琴（外二首）

胡理勇

余音绕梁，三日不绝
此等美妙，哪张古琴遗失的
在楼塔古镇，我要寻找

横在村口的洲口溪，就是那把
古琴
溪水澄碧，就像琴音不绝
春和景明，若闻耳鬓厮磨
阴风怒号，蛰伏金戈铁马
激动的浪花，翔游浅唱的鱼
都是古琴上争先恐后的音符

矗立在村前的仙岩山，就是
那把古琴
秋霜为守，白雪为隘
古来兵家必争之地
必是诗家苦吟之处
飞禽和走兽，它们是音符

跳跃在琴键之间

不用找了,古镇就是一把古琴
那弄、那巷,就是琴弦
那门里的店,那门外的花
还有世居于此的淳朴百姓
都是永远不死的音符
拨弄琴弦的是谁?一个七岁小姑娘

新与老

千年古镇,一切都是新的
充满希望的霞光,是新的
梦幻一样的月华,是新的
读书的人、翻书的风,是新的
做的梦,是新的

千年古镇,一切都是老的
羊肠小巷、东西南北,是老的
飞脊斗檐、门台,是老的
相迎的笑脸,是老的
一副古道热肠,是老的

古镇很多,大都
破损,沉沦,半身不遂
而在这里,鲜花依然欢欣雀跃
果树成行,换了姿势迎人

沟洫纵横，活水汩汩而来

在古镇的怀里睡了一晚
感受到了古镇强劲有力的心跳
我一觉八小时
古镇一觉千年
大梦方醒，人间已换

古镇古意

来古镇，不是来收拾旧山河
而是来找寻落下的旧时光
风也来，雨也来
络绎不绝的匆忙脚步，足以注释
古镇往日的光荣和辉煌

是玄言诗的滥觞处
没有许询
当初的玄之又玄，哪有今人
不遗余力的探幽索隐
曾是诗路的驿站
王勃经此往南
《滕王阁序》的灵感应得之于此

春秋战国，吴越争霸
据说西施曾在洲口溪里浣纱
在古镇人的身上，能否找出些许端倪

吴越王钱镠种情此地,楼氏辛勤耕耘
从此,此地都姓楼

钱镠路驰骋而过,古镇隐居其后
大得《桃花源记》的妙处
我们从其胸口进入
田舍俨然,琴声在小巷深处悠扬
此中古意,欲辨已忘言

相遇之诗:在楼塔古镇(组诗)

伊　甸

与楼塔相遇

与楼塔相遇,宛如
与一个风情万种的女人相遇
她在舞蹈,在飞,在吟诵唐诗宋词
她朝我们回眸一笑
时间就屏住了呼吸

青山是她的发髻
溪流是她梦幻般的手臂
仙岩湖——是吉普赛女人般露出的肚脐眼
在传统与现代之间的舞台上
她一转身,魔术般撒下
风雨和阳光,寂静和热烈

与越剧相遇

与越剧相遇,就是与梁山伯祝英台相遇
与白蛇青蛇相遇
与人间的恩恩怨怨相遇

与自己的痛楚、悔恨、痴迷相遇

与越剧相遇，就是捧着一颗心
砸在石头上，挂在荆棘上
就是把血点燃，把泪当粮食吞咽
然后跃上戏台，用越剧的唱腔喊一声
——我来也！

与红薯相遇

与红薯相遇，就是与自己的童年相遇
与躲在记忆深处察言观色的饥饿相遇
它满腹狐疑地打量我
我也忐忑不安地打量它
就是这一个红薯！
憨厚、羞涩
全身闪耀着悲悯之光
它拯救过我的身体之后，一次又一次
把我从人性的深渊中拯救出来

太阳在天空旋转
红薯，在大地上旋转

与六十八年前一个三岁女孩相遇

——给楼奕林

与六十八年前的一个三岁女孩相遇
她戴着一顶白云做的儿童遮阳帽
踩一双溪流做的布鞋
她向蓝天招手
蓝天就弯下腰来
她呼唤田野
田野就给她看一幅又一幅
梵高或者米勒的油画

她抓着闪电的秋千荡到天边
她在语言和人性的大海里寻找
被海藻与淤泥掩盖的钻石
她活到一百岁依然是三岁的孩子
她在童话里走进走出
她把自己走成了一部童话

与外婆的灵魂相遇

与外婆的灵魂相遇,她一口标准的
萧山方言,让我把每一个说萧山话的人
都当作亲人

与外婆的灵魂相遇,就是与一座座
长满杨梅和茶叶的山头相遇

与遥远而又并不遥远的呼唤相遇
船坞山、百药山、青化山……
外婆站在哪一座山上
或许外婆有十个化身，她站在
萧山十座最高的山上……

洲口桥（外二首）

王少珺

它静静地守候在那里已经很久了
妇人的脚步来来往往
而它满足于现在，满足于过去
因为——未来姗姗来迟

它与星星一起沉睡和苏醒
也曾抵达最深的秋冬
窥见上帝沉默着微笑
把永远战栗的火搓揉成可爱的模样

在它的照耀下
流水潺潺，晶莹发亮
而在时间入口匆匆赶路的人
总有一朵白云的心事飘在天上

楼塔是一个人，还是一个镇？

它像极了一个女人

那遍及空间和时间的建筑者
她住进人们的眼光,就开始复活

小桥流水,柳树微扬
长亭书画 ,芳草绿如茵
走进石桥,就像推开古宅的门扉
一幅崭新的画卷便缓缓打开

那旧而又旧的世界——
是泥墙上长满雀斑的丰盈
秋叶与白云共舞
我和风一样,都是过客

知足常乐

在这个名叫楼塔的小镇上
有种幸福被古老的河流洗了又洗
仿佛清晨的阳光照耀着
在秋风的腹腔中发出的声音

一定是有什么惊扰了这位老人
他从沉睡的画报中醒来
从凹凸破旧的墙壁走来
踩过的石头都被镀成了黄金

短暂的沉默,你能听清
摇晃的叶子奏出甜美的音乐

搬家的蚂蚁挪动的脚步
以及宁静的屋檐下男耕女织的欢愉

楼塔时光(组诗)

卢艳艳

时光的故居

似乎又回到了小时候——
夕阳西下,回家的路不管走得多远
也就那么几步
细细弯弯的炊烟并不急切向上
而是弥漫在低空,被晚风轻轻带走
站在门口,隔着巷弄高喊一声
要找的人就会应声而来
说过什么话,不记得了
但余音
仍寄存在楼塔的白墙、屋瓦
和长满石板缝的青苔里
跷跷板
在凌空和蹬地之间
重复此起彼伏的小动荡
嘎吱声狭长而厚实
别担忧埋首时光的老墙被唤醒
它们一直未曾睡去,它们相信

有人转身离开时,必定有人蹒跚而归
回家的路,就那么几步

此　刻

我在这一端脚蹬大地
像年少时一样
用尽全力,只为换取满头大汗
和短暂笑声
你在属于自己的另一端
花枝乱颤
此刻世界是架在支柱上的
一块跷跷板
通过木板和轴
我们成了平衡生活的不可或缺者
此刻,肉身真实展现着
沉重与轻盈交织的意义
一端跷起,必有另一端下落
每一次下落都是为了再次升高
从忽高忽低的角度
我看见了此刻晃动的世界
无法给予我们,一条平坦的路途
此刻,我听见了笑声之外
还有风声和喘息

未　来

你和我,一种命运和另一种命运

在此处隔空相望，你的名字
从一个时代到另一个时代
积攒到现在，楼晋、楼英、楼曼文
……
以一个沙丘肇基发族
以一个姓氏聚沙成塔
一段来路，挥挥手，即是去程
一段去程，拐个弯，迎来澄澈金秋
山水楼塔，在历史中穿行，随时光蜕变
今天，我要认真看看它
触摸它喧嚣中的宁静，宁静中的苍凉
不要在意它曾一路尘土，一路伤痕
没有什么可以遮蔽它的未来
如同我今天走过那些故居时
沿着斑驳的墙壁望上去，瓦蓝的天空
从不在意有云，还是无云

楼曼文

生之火焰在风中摇摆、倾斜
呼呼作响，继而熄灭
风掸了掸，飘落在你名字上的灰烬
只见满山树叶青翠欲滴
烈日下，有炫目的仰望，也有
茂盛的收割
如同从前你向信念之巅攀爬时
汗水淋漓，却充满活力的身体
——这块铁，曾被生命之火

烧得通红，一旦置身于山谷
就成为石头，成为滑出轨道的星星
在亲人心底砸出一个滚烫
而无法填补的伤口

楼塔中秋

没有星星，天空看上去特别辽远
月亮看上去格外孤单
需要我一遍又一遍抬头
用沉默挽留它——
站在窗前，风呼啸而过
凉气扑面而来
但我仍然试着
伸手握住点什么
几块月饼、两杯酒
或者一壶刚泡好的茶
它们还停留在四年前的今晚
一轮圆月如期升起
我们眺望它，它也在空中，俯视我们
我们以为那样的夜晚
转个身，就能回来，我以为我们
每年都需要这样的夜晚
在万物凋敝的秋日，一起看看月亮
瞧，它还在四年前的星空中漫步
只有我一个人来到了
这个楼塔之夜

早安，楼塔（外二首）

董建民

古老的细十番拨醒晨曦，炊烟
拖着长袖，伴舞楼塔之晨

沉底的过往，从波光粼粼中泛起
楼塔溪讲述村庄日复一日

兵家必争的要塞，停息了枪戟烟火
高楼老宅、小桥流水、白墙黛瓦
古韵楼塔，向着众山之巅一再出发

远道而来的客人请停下匆匆的脚步
听一听这散落民间的宫廷乐曲
在这风和日丽的清晨，为新的一天加冕

走马楼

五厅弄十五号
走马楼里的千里马已奔出千里
楼氏兄弟重教建楼的义举在匾额上
被仰望的目光，一次次擦拭

铁马金戈，硝烟战火已落尘埃
小园静幽，格子窗紧闭
窗棂藏起了
咿咿呀呀的读书声

在走马楼，斑驳的墙壁如安详老人
庭院小草在秋风里，残存几丝嫩绿
来年的春天它将焕发生机
它要抗衡那句
“好马不吃回头草”的典故，相信
远行的马儿总有一天回头，疾驰而来

楼塔记

在流水上刷新蓝天、石桥
游人们的脚步就会更轻些
灰色墙体上有沉睡多年的浮雕
舍不得走出巷子里的人
把黄昏留在一棵盛大的香樟树下

空气中弥漫着秋天的味道
我们用人影扑捉塔影,并伸出手
迎接月光
那弹出水面的地址里
有一个迟来的故人

将旧时光交还故人（外二首）

涧　星

楼塔理解“不忘初心”时用心良苦
果敢地将旧时光交还故人
邮差率先响应，响着自行车归来
不辞辛苦
将热情一并发出

钱镠捋须长叹，直怪当年刀锋
即令外甥楼晋速返
楼英没走太远，为了楼塔的健康
补齐了四十卷《医学纲目》
又吆喝上后辈李时珍
李可染一声不吭，住进艺术中心
画遍了祖国山水
尚欠楼塔一份深情
楼曼文在纪念馆里
将革命细节轻轻倾诉
可叹可赞，使命牢记至今

诗人喜欢探密
在楼塔，远去千百年的乡贤
正寻机回来定居

在楼塔，穿越只需一座桥

洲口桥头，你随意迈出一脚
就踏进公元一九一九
那时正是民国，根基不稳
统治者提着马灯
桥上的你，夜风一吹
就闪进了大清
桥的周身变为木头
正在遭浪头欺负
嘎吱嘎吱，经不起惊吓
一不小心就跌入五代十国
水底清一色桥的灵魂
“四围山色九曲溪”
懵懵懂懂，不知越州还是睦州

此时，如想及时投身
得有老白干，三斤

半年节随想

是烽火吓走了年
还是雷公风婆专挑楼塔，打牙祭

杀猪,宰鸡,裹粽
放鞭炮,舞龙狮
半年节,用年一个模板

楼塔人聪明
半岁过成年
让年忘记了数数
楼塔人勇敢
敢将年切成两块
还敢将千年拽回人间

去,到楼塔去
年龄怎么改变都不成问题

楼塔多少事（组诗）

叶　海

窥　事

往门洞里看，这也就是楼塔
一所有待修缮的老宅

院子里种着棵树，看不出冬青
还是金桂

树旁斜了几根椽子，或许是为了
支撑着树干，或许不是

这都没啥关系。关键在于对面
那堵墙，还留着烟火

仿佛楼家的主妇，正点起土灶
准备招待，远方的来客

箴　事

多年以后，你还是坐在务本堂

用篾刀把竹子剖开

青色的是竹皮,米白的是
竹心
你知道

一剖再剖的青篾,要穿过度篾齿
才会有,光泽迷人

那就拿它编个篮子吧
篾丝
又细、又韧

若你再一次,从洲口溪拎起这只竹篮
漏下,一串又一串溪水

在夕阳里
就仿佛,又见到了你
早已消逝的时光

儿女之事

一直想要个女儿,特别是到了楼塔后
到了那个,挂满油纸伞的堂前

你身穿蓝布长裙,裙脚拖在泥地上
大红的短袄镶有蓝边

抚弄着古琴
仿佛刚从南宋归来
正在纷飞的手指上
还粘有,那古时的雨露,和青草气息
多和谐啊！前世的小情人

当你倚着我
我的牛仔裤,就更加湛蓝了
就像明堂上方,一小块晴朗的天空

秋　事

如果在八月十五回到楼塔
从洲口桥出发

走下祠弄、五厅弄、花厅弄
再绕过下街,到上街

就是让明月跟着,和大家一起
把古镇又回味一遍

仿佛传承六百多年的细十番
还在演奏

当你我行过横街
月色下的溪水
微微起伏,余韵不绝

喜　事

1

那就让秋风吹拂每一个日子吧
让我们像灌了浆

金灿灿的麦子，让每个人
路过楼塔

都捎上善意的微笑
让他们时刻，都拥有美好的心情

2

只因为你我
胸腔内饱含的，唯有一种浆汁

你可以把它叫作谦逊
叫作感恩

也可以叫作祝福
假如你我，每一秒都保持晴朗
亲爱的朋友啊

3

假如楼塔人每走一步，都是如此湛蓝
仿佛即将收获
又仿佛

每天都像,即将过节的麦穗,像十月一般

辽阔,飘荡着一朵,又一朵白云

百药山的传说（外二首）

阿　罗

是高处不胜寒吗
大蕲蛇无孔不入，在山顶
伸着颠倒的舌头
涧水甘拜下风，从高到低
一路唱着有毒的歌谣

带着藏宝图，进军山里——
谁不是饥渴的樵夫
谁不是跛脚的神仙
前面就是金矿银矿
可惜我也就要死在这里了

自救吧，抬头看天
阻止伪劣的阳光照耀，是神又能怎么样
还不是重重地摔了一跤
野大蒜就是灵丹
对，还是化腐朽为神奇的药

嗯,这山的草药太少
最好雾气都是药引
来百药山采药吧
吸毒长大的人将不治而愈

等到我们都是采药人
等到我们都成了神医
我们都去云游四方,把
草的仙气、树的芬芳带到世界各地
或者让它们变成蝴蝶,在空中翩翩起舞

楼塔之夜

月亮穿着迷蒙的睡衣
另外的部分不方便露面——
那就不迷蒙,好吗

河流大概需要好好地哭一场
日夜流淌的,不是水
而是两岸镇上的灯

倒影打败了许多鱼和石头
我是最活泼的一条
不,也更不是冥顽的石头

我已想好了明天和月亮见面
在阳光还没醒来的时候

我是饥饿的乞丐——

在楼塔镇,还是一个人
喝个酩酊大醉吧
我有万亩恼人秋风,不管夜色一无所有

给楼塔

楼塔,你好
我是煞有其事的阿罗
我的名字是一幅画
一匹人高马大的河流,奔突着
然后在它旁边有一间茁壮的树屋
树屋上生长着无数书柜的枝叶
当友人灵魂的车子经过
我们会停下来好好交谈
万里无云的太阳在远方倾听着
就像二〇一九年九月的某时某刻

小　院（组诗）

陈统魁

从楼塔小巷穿行

从楼塔小巷穿行
拐弯抹角，一生走过的
弯路多，直路少
这不意味着我愚蠢

老宅，总有一院菜蔬
发芽开花授粉结果
一气呵成
我拨弄其中一株秋葵

手抚黄花
但进不了她们的年轮
只是为接近她们
顺便喜欢上其中的一株

黄色是面镜子
以不同的速度穿过内心
泥土和植物

怎样在地上前行

泥里的生命与黑暗里的
自由,一起顶上天

洲口桥

洲口桥不迟于霞光
不迟于太阳,早早地
横于河上,早于
洲口桥的人们

古溪两侧,菜蔬含露
瓜果、芋艿及老南瓜
是一天天的口粮
踏上洲口桥

深陷文化泥沼
小溪在双轨缝合处打坐

洲口溪

从围城出来
逆流绕镇
溪水往下流去
我在相反的方向行走

溪水阅尽红尘
去大海净身
而我在古镇净身后
返回红尘

我与流水在此交接
怀揣同样的花朵
古镇有亭，右边月季
左边有香樟

胜过玫瑰，彼此
用画的影子送行

钱　镠

公元八八三年，不来楼塔
不会在意这一年
杭越之战，但我依然会
有意绕过那年

战乱饥荒阴谋与爱情
用怀疑揭穿历史
那条山路就像死亡
时刻潜伏着生命

删除深处的谎言
钱镠大道上天光极好

街道汽车楼宇行人
还有养育钱镠的农田

和合人家墙头那缸上的伞
及咖啡屋都给出了注脚

祠　堂

堂前木上蜈蚣翠绿
苔藓开始脱水

从这里出发的
有时是生,有时是死

板凳龙等待如意阵
盘祠堂

用手抓一把乡愁
收回又放走

远去他乡的人
离这里最近

这里供奉神祇,也供奉
天井上方的一小块蓝天

残　墙

古巷从每块青砖开始
老街上的前花厅后花厅的
泥墙圈起园子
栅栏一页,石基精美

那些门楣和青瓦
潮湿的土坯墙
从不凋敝,将霜白
别在轮廓上

穿过砖块木条
砾石越过时空
缓缓地来到眼前
为了砾石能接纳我为石头

把我的心跳给石头
让石头给我一次凝重

和合人家

老屋还是原来模样
原来的摆设
旧家具中父辈的日子
榫卯合缝,讲究

月光穿过格扇
梳理着内心
我的窗子深藏
摇晃着从彼到此

洲口溪分出两岸
蒲公英怀揣小小的
悲伤与欢喜
袅袅墟里

压住身体里的波浪
让灵魂静下来

古　巷

城市的夜晚是孤独的
今天想你,穿过工地抵达
今天不用雨丝
也不用油纸伞

嘈杂的生活中
那些厌烦的部分
车鸣、警报声
还有内心逼迫的轰鸣

老宅那些门洞
仍有褪色的财神

都睁着陌生的眼睛
许多看不见的

现场不能没有旗袍
正包围我
仿若这一巷流水
和水中羞涩的紫鸢花

酒

酒还可以喝,但喜欢
深巷中的小酒馆
揭开镇口坛盖
老屋早已醉卧斜阳外

酒色中男人,用疼痛
平衡高粱与水稻
一碗唐诗、一盆宋词
享受酿酒的花朵

先走的是河水
还是星月,白昼
好短,他们都走了
留长夜给浪漫

后来的他们
让植物变成了人

楼塔之清晨(外二首)

许春波

夜色和清晨将淘米的过程煮沸
凡间进入另一种生活
赊来的几点唐朝的钟声,浸泡清洗

看着一束叶子,开始变黄变绿
反季节生长才是收获
吱呀的门声叫醒整个秋天,霜天一览

秋后时节,天空和街道如约清澈
吹过来的夜色被咒语定住,端坐着沉思
你画一道符,假装卜算远近

结满疤的墙面,每一次的敲击
都是唤醒和疗伤,安上消炎的文字
生命可长可短

细弱的钟声浸泡久了,在瞬间飞走

楼塔前只适合搭灶修行，炒茶酿酒
然后，就没有然后了

楼塔之乡村印象

收集月光
用冷剪去乡村里
跳动的烛花和看似踱步的佛心
十字路口上，摆好指针

好像是徒劳
乡间的鸡鸣
在林地里往来穿梭
清朗的俗事，即是最准确的方向

潜伏在虚像环生的城市
眼里长满了霜
以你为例，斟茶的姿势
冒出一缕热气，中和掉点点寒气

安顿好文件里的乱码，长出一口气
外面的月色，巡查到屋檐
你替我双手合十，捧住弯曲的影子

堆满清凉的乡下，围绕着简单的逻辑
也有避不开的回声，掺杂在空旷里
宽窄随意

我试着收集,假装专注
直到,你把一道篱笆外月色
虚掩起来

楼塔之听细十番

醉去的北还在,可以找到
只有风去向不明
桂花潜伏的年代,江山皎洁成林
掀开酒杯里沉淀的波纹,夜晚清秀

藏匿起打磨过的唐刀宋剑
桂花香尽
秋天开始卷起来,慢慢变细
用细十番砌一片新墙,挂满摘过的湖水

干净的路程,闪烁出苍凉的暖色
捡一粒灰尘,搁置起来
自此,南方的树都挂满琴弦
诵读完毕,琴声随风摇摆

习惯性地接着上一年,慢慢响起
对此无能为力
有时,不敢在琴声里待得过久
最好简短交流之后,迅速离开

去年的秋天拿来复习,踩在明亮的山间

矫正好视力,时间开始笨拙
瘦削的秋天下,古色的琴声
反季节发芽

楼塔之事(组诗)

梅 子

措 辞

你在风的瘦骨中摇摆
有些小窃喜
青松、芦苇、假山组成的
你能否在暗黑的马灯下
找到新的出处
避开楼塔洲口桥
这位老人的暗示
一切回到原点
还原旧貌,朴素
你,一株植物,在田间地头
也经受不住诱惑
充当角色
用措辞来描述
原罪遁走
枯萎,有了指向
从发梢一直蔓延到根部
失去重心

在某一个季节的早晨
你终将不再抬头

绿皮信箱

你，撞痛我思念的文字
那些形而上的距离
容我小坐片刻
在你身旁
能触摸到楼塔的心跳
有力的节拍，撩开过去的黑
这里只剩柔弱的身骨
如果沉默，一潭死水
就将是你激情年代的坟场
路远天黑，你们走得很急
几乎没有摔跤，站在那振臂高呼
最好燎原之火代替口号
楼塔的热度与深度在此凸显
这里有挂号函件：北平、上海
宜昌，台北仁爱路
从南到北
从海峡到大陆
一投一发
是个例外
还没有仔细阅读一种蓝
我就成了你的窗
为楼塔过去时

又掀开了
一些斑驳的话题

描述故事

我在前排,按下快门
至于那道光的背后是什么
我仿佛从未想过
世间竟会如此狭小,狭小到
只有一墙之隔
沙沙的声响,敲击着耳膜
直扑在地上打圈,翻滚
几个身影,露出疲态
发出仓促的呼吸
手指僵直在框架的末梢
从前往后,从左到右
每条竹片,没有犹豫的态度
都能从内部擦亮锋刃
直削到最透薄的那一头
血染衣衫,记忆开阔
不屑于与旁人讨论
忽略终点的意义
一只只竹具,装有
你的呼吸、焦虑、疼痛
晃荡在小镇日常中
我断断续续地对楼塔
描述着故事

深藏不安的泪
滴在其中

楼塔，在秋风中荡漾

周西西

1

秋风是从洲口桥翻过去的
有的快，有的慢，吹动一地好阳光
青苔爬上窗台
鸟鸣歇在院子里，啄食飘落草丛的桂香
我怀揣一颗金黄之心，从门外走过
仿佛走进一座塔
倾听的耳朵，沿着秋天的脉络认领乡音
青石板、雕花窗棂
台阶上坐着一个小小的姑娘
花裙子，绿衣裳

2

从唐朝出土的地下水，在花厅
弄泛起古老而鲜活的微波
水从水里跃上水面，流经下街、上街、横街
流过前朝的村庄
洗云影，洗星斗，洗时光

提笔蘸水
可写字作画,可著书传世
治顽疾,医劣性

3

秋风退回我的姓氏——
在楼塔,我有那么多一本正经的乳名
楼甲、楼乙、楼丙……
一个在排翠楼受启蒙,一个去了大丰纸行学生意
一个跟楼英上山采药,还有一对双胞胎
呼朋唤友,去看楼塔龙灯

多年以后,被风吹散的石头纷纷回家
齐聚上新屋
喝自酿米酒,至微醺
出门去,舞灯彩

4

秋日高耸,天空如镜子
倒映百药山之黛
洲口溪的水流渐渐快起
连性子最急的人,也走不到时光的前面

越过溪流,风
就有了秋水起伏的形状,抱着楼塔
微微荡漾

5

古旧的仍然古旧,沧桑的继续沧桑
更多的花朵
在每一个清晨含羞欲放

楼塔有大气度,允许我在离开时候
带走一块仙岩,和一截丝丝袅袅的细十番

楼塔行（组诗）

吴警兵

白露，在楼塔

春波兄带来的土烧，将深夜麻醉
黎明一点一点被激活

白露的尾巴还藏着掖着
可见的部分都大同小异

没有一个人会站出来指认
也不需要斤斤计较，或者严加拷问

乡愁已是谎话连篇
根本站不住脚的方言

堂而皇之地流传千年。无法消逝的事物
隐藏得更深一些，也有人说是低调

血管从来不证明颜色和流动
洲口溪一成不变，我们沿着往前

走走停停，不知自己从哪里来
又将往哪里去

在楼塔听细十番

无须装饰自己，或经意的样子
与时间做伴，或沉浸其中

小巷口气息流动，老宅门遮遮掩掩
相互理解互不侵犯

藤蔓与窗户紧密配合
招蜂引蝶的拿手好戏层层加码

古井里的水，一如既往地新颖动人
可照见五蕴皆空，可起细细波澜

老树，不停地追赶时间
以拒绝被吞噬的命运

偶尔有鸟雀鸣而相和
在老墙面，打上一层响亮的底色

做一个和颜悦色的人
从来都不需要理由

仿　佛

仿佛是一位替身,出现在来路不明处
古桥与古树,相互印证着什么

过往者像上了发条,在每一个合适的地方
水花般闪耀片刻。老街被包浆所取代

邮筒和自行车、水渠与古井
都各有运行法则,先人住过的堂屋里

唯阳光,时刻在替换自己
细十番吹奏的乐曲绕梁千年

我们相互聚首,有说有笑地经过
仿佛一场不曾相遇的游泳

楼塔合家欢(组诗)

李　萍

跷跷板

一架跷跷板,嵌入楼塔历史的拐角
时间立在中间,过去和现在
现在和未来,轮流端坐两头

一千多年的丰厚积淀沉下去
古镇丰腴妖娆的今朝
升上来。又沉下去
灿烂明日势必在另一端跃起

此起彼伏是它立足世界的智慧
此消彼长是生活馈赠的慷慨

空中有只白鹭,一边飞翔一边回眸
所幸,跷跷板的轴心——
已深入楼塔坚实而丰厚的泥土

洲口溪

洲口溪甩一甩水袖，楼塔的小日子
潺潺而流
炊烟，飘过四季的飞檐

古桥守护一镇灯火
将外来的乌云悄悄驱散

我们沿溪而行，寻一处树荫
看水中游鱼闲话家常
看浪花不疾不徐

一边赶路一边嬉戏
它日夜诉说着
古镇的家长里短，日暖风和

打开镜头，拍一张楼塔合家欢
让溪水流过底片
保存此处好留人的印记
让山水人家同框，你我同行

小　巷

一条条小巷，血脉般匍匐
在楼塔的健壮之躯
默默流淌鼎沸的人声、伞影

暖融融笑意
寻常日子模糊了又清晰
暗淡了又明丽

街头巷尾的喧哗激起浪花朵朵
绽放于柴米油盐之上
阳光一波一波涌来
白墙也开出艺术之花
红色经典的故事攀援而上
黛瓦也伸出飞翔的触角
在古镇上空跃跃欲试

日子熙熙攘攘
春去秋来,生活如火如荼

老　宅

华灯初上,老宅眨巴着和乐融融的眼睛
楼塔大地
披上人间仙境的外衣

雕花木窗,镂空了陈腐与守旧
渗进了鲜活与清新
屋里屋外,燃起怡然自乐的心曲
针尖麦芒遗失在昨日风中

廊坊脉脉含情,目光如水绵延千年

马头墙凹凸不平的脚印
在夜黑风高的晚上深入人心
等晨曦明亮眸光一闪
它立马显影——
先人不停奔跑的坐标

前尘往事穿堂而过,家风族训
代代相传——
家家合义,户户呈祥

古　井

二十二古井,盛满大地母亲甘甜乳汁
一口一口喂养
楼塔的前世今生

瘦弱的日子里,它张开每一个毛孔
吸纳日月精华,吸纳同心同德
吸纳一掬掬跃动的脉搏
给予小镇的容光焕发
一剂良方

月色无边,漫过时光的河岸
草木枯了再荣,繁盛的梦终要绽放
井栏支棱起耳朵,听风辨雨
石砌的心即使裂纹如爆开的闪电
也依旧紧紧抱住——

一脉清流

汩汩涌动着的，除了地底不竭之泉
还有满天繁星，一片灯火

路过楼塔镇（组诗）

阿　剑

清晨的楼家塔村

关于清晨的楼家塔村
你知道些什么？路过多年你还是
异乡的狼娃子
那几只土狗还是狂吠
房屋还是拒绝，巷陌还是幽深
村口的那棵樟树你并不陌生，几百年了
所有行走与坚硬的事物都先它消逝
衣冠迭代，脸孔固执
有些故事并不新鲜
有些故事你不必听闻
几辆锃亮的轿车停在树下，不知新锈已经来临
不知旧叶正将我们覆盖

路过楼塔镇

白色的镇子在阳光下
灰鸽子衔着好听的旧名字
空气有无，面孔美丑

草木俱在自家位置

山丘低矮与天空恰好，庄稼
无人照料的绿色覆盖一片未知的周遭

汽车飞速挤压玻璃窗上的脸
看透一切，无法冲出去拥抱
为何那人用手指写下什么又轻轻擦去？

为何无名的事物依旧让一个路人失重？

洲口桥

总会有并排两座桥，负责活着
踏入从前的流水，负责年久失修
留下风干脚印

空洞让与流水并接受
摧毁，保持手脚干燥洁净
不必涉水而居

此刻是晨光亦是黑夜
是夏是秋，日出月落
风吹过
一个我，行至彼岸
一个我，落在身后
一个我，漂在水里

细十番

二十只眼睛看我
二十只六百年的眼睛看我
如看一出新人旧戏

而我喉咙喑哑,腔调全无
我是旧器物中
唯一的新木头

我和他们——十个舞乐的老人
是十一块木头
而弦琴与锣鼓将我们震颤
就像以前
朝廷的雨水将我们树木猛烈摇响

萧山楼塔采风(组诗)

阿　慢

我　们

秋,深夜格外清凉
约在洲口桥头
没有月儿没有星子

飞蛾和鹅卵石毛乎乎
虚拟一个
丁鹏去茅草屋的场景

被光吸引
被热灼烧
细小的鳞片摩擦

一首首无法被人传唱的歌
附和芦花
各自安静入水

浮　尘

白色风暴掩盖了绿
衣衫文章拒绝打补丁
九成新的远方
被拉去焚烧填埋前
四仰八叉象征性咳嗽几声

一切皆可替代
人潮远去了
人潮日渐淡漠

蜘蛛耐心织补旧宅
寒意刺进木笨的指头
老木匠凿出一行离别
与劝慰的诗

木屑清新
一些人
在楼塔坚定行走

戒

——给留守妇女

仙岩酒店严肃的被褥
叫我笑出声

把彩条圈圈碎花
洗晒清爽
边角摸整齐抚平
皱纹停止了逃荒伸直腿
舒张

忽明
忽暗
那些水母
在女人一米八宽的单人床板上
漫开

古镇一婶

洗头发
搓麻将要洗
荡商场要洗
保养得金光闪闪一丝不苟
上万的鹅蛋脸
神气脂粉香
套房搬去小巷子
难产的路灯
婶婶她暗自咬牙
头,还要洗的
刘海和胸脯
更要挺得洲口桥头石碑一般
笔直顽强

七层楼塔

陆　岸

1

楼塔无塔
传说已有千载
我来此地时
许询不在
孙绰、支遁、黄巢亦不见踪影
而百年祠堂林立，皮弄小巷依然幽深

2

初秋，萧山的叶子未黄
仙岩的酒已温热
洲口溪横贯一百里，水声潺潺
每一块青石板有《梁祝》弹奏
金风里全是细十番

3

眼前的百药山苍松翠柏
有人悬壶济世

楼氏绵延，一个个
镌刻起来的闪光名字
无形之塔高有千仞
皆层垒在清风岩上

4

高处时有钟声邈远
隐居者在重兴寺敲了十年
那禅院斑驳的黄墙似乎漏风
我来时
仿佛听得——
一声又是一声

5

一个小镇只要命长
一幢幢房子就有了年代
就有无数故事堆砌
无数曲折而唏嘘的街道交错蜿蜒
而庭院的天空只有一个
它仍照着这些黛色的瓦面

6

白天的那个红衣小女孩
古琴上恰有一支跳跃的舞
青葱十指留住了多少脚步
而今晚一轮明月朗照
仿佛不停敬酒的天界

高举着一枚已喝空的玉杯

7

终于曲终人散了吧
楼塔的秋日
也在此处聚沙成塔
那些沙子,是不远千里而来
追慕的王勃,是孟浩然,是温庭筠
是飞白艳艳阿剑和崔岩,是我爱的陆岸
是穿越了古镇活生生还在流淌的
——浙诗

楼塔，故乡的情怀（外二首）

再回首

楼塔，千年古镇
只是故乡的名
却又让人挥之不去
深深念念
踏上熟悉的土地
脚步无法轻盈
一些往事
从泥土中走来
真切地和我握手
那一刻的泪
很多余
化成了坚强的晶莹

夜的印记

古镇的乡韵，沉睡了多年
那些孤独寂寞，我都懂
鹅卵石、青石板
刻着我记忆中的童年

那承载着儿时梦想的纸船
满睁着好奇，漂向远方
小伙伴的面庞，印着岁月
在这样诗意的夜晚
呼吸着家乡的浓情，举杯
酣畅淋漓的乡愁啊
欢快地奔腾，燃烧起记忆
让夜幕，泛起了醋意
星空迷离着旖旎
有些情话，悄悄地溢出
在楼塔溪畔……

在楼塔的街头巷尾，呼吸

重兴寺的兴衰，我无从考证
却把童年的欢乐时光
用脚步，留在高高的百药山
龙尾巴潭的传说，很神奇
诗神的脚步，定格的是许询
浙江的诗歌节，有些惊艳
三言五律的晃筹之间
把祠堂，硬是生生地惊醒
不经意地，吐纳细十番
那些墙门、院子还有故居
探起来华丽地转身
把仙岩定格为低调的诗地
在街头巷尾，用十碗头展示

楼塔书怀(组诗)

陈美云

夜行:沿着灯光追寻

——兼赠徐徐、阿慢、山月、小吴耶

新鲜的地方,容易长出刀锋
旧址愈加模糊不清
我们深知一夜停留的短暂
很快会湮没于绕镇而歌的洲口溪中
雁过留声,本意并非是要被谁记住
我们发出声音驱散孤独
就这样手挽手,走在陌生的街道上
说一些无关紧要的话
未知的黑暗依然聚集于灯光之外
我们的他乡,是别人的故乡

夜思:这里是楼塔镇

细十番最后一个尾音
会一直绕着萧山最南的山丘
我没有发出消失的指令
这让我的留恋笼上了茫茫月色

在一些名字里，拼出一个地方史
许询、钱镠、楼晋、楼英、王勃、楼曼文……
夜这么黑，我走不出楼塔镇
也找不到飞仙前可以停驻的那块岩石
现在是 2019 年 9 月 7 日的楼塔镇
我在仙岩大酒店
这片刻的相互属于，让我安宁
仿佛母亲子宫里的第一次胎动

晨遇：最后离开的人

一只白鹭从北边飞过来
溪水压低它按捺不住的脚步声
落进洲口溪的水中央
像一座白玉雕塑
围观的人群，跟着时间
终于，还是三三两两陆续散开
修长的脖颈朝向某处
它悄悄地又挪了一步
倒影里，不远处
外形略小一些的白鹭正在低头
“扑通！”
石头子弹似的穿破《从前慢》的节奏
一只白鹭惊飞，向南
另一只也跟着飞起来

楼　塔（外一首）

崔　岩

一如我的老家：王庄
首字为姓氏，后字作陈述，或者
作为期许
王，乐于开枝散叶
因此，庄，呈平铺之态

而塔是矗立状，恰如前面的姓氏
拔地而起的雄心，直抵云端的壮志
以及，从至高处向下看
风物尽收眼底的舒适

所以王庄的人纷纷向外奔走
开疆拓土，后来有了大、小王庄之分。
而在楼塔我看到：楼姓是塔基
闻名而来的百家姓，是层层叠叠的垒石

聚万物灵气
塔，可成凌云之势

楼塔印象

第一个印象是远
从龙翔桥出发几经换乘，途中又老去许多
后又觉得，远得合理
黛砖白墙碧瓦，花色正好柳色正青
鸟鸣清脆，替咿呀的越唱，描上两道蛾眉
古桥流水声似童筝——那是夏季清风
为我们这些客人，在反复吟按轮抹
那夜酒醉，独返住所，问路于聚光灯下
施工之人抹汗道：此镇广大
我亦不知其路

迎面一席舒爽的风(组诗)

陈华元

乡愁,是一曲细十番

可以称之为“圣音”
望庄台、一条枪、八板
那场景,需要细十番的歌颂
大禹治水,山河壮丽,彻夜欢庆

来自于宫廷,却
鲜活于乡野六百载
明式的简
交融现代的繁华

原野阡陌,乡间小路
挣扎出乡土皲裂的缝隙
显于天籁之间
乐曲光芒四射
乡愁它围绕着我,心儿略有隐痛

蝉，叫历史忘记了伤痛

爬上洲口桥头老树的
是一只蝉，鸣叫在初秋
一只蝉叫唤的
岁月，在风雨里飘来荡去
一个叫楼曼文的女子怀揣梦想
却打不开破旧的门、沉睡的窗棂

一只蝉叫唤的
朝代，在儒医楼英的杏林里复活
不附权势，不要高官厚禄
传习丝竹管弦之法
迷于医学与音律
叫历史忘记了——伤痛

世相是一半一半

小镇上，我们聊着
远山合拢，树木逐渐模糊
流水浅趟沼泽地，眼前柔软
一夜浩瀚星空开始明亮

我只是无关紧要的看客，月下
试图与尘世保持着一致
让黑夜与白天各半，寒暑各半
雄雌各半，左右各半，远行与归途各半

我们，在彼此的星空里探秘
夜渐深，刚与柔的一半一半，若即若离

宁和之中

鱼，游离于幻境与现实之间
幻境，是一抹燃烧的云，一次柔光
脱离羁绊的诗意想象，自由且入心
现实，是一个水泡与一个水泡的摩擦

夜的溪边，略模糊，略苍茫
略孤独
闪电从虚空的天边掠过
远处有击杀
相比，当下宁和而美丽
是一种难以重现的可爱
与略无激情的妙有

迎面一席舒爽

想不到夏天悄然已过，就在那个
星夜，来到草木、鱼虫、湖泊的
栖身之所，交换彼此的秘密
风吹来一排排占卜的数字
给予彼此的冲突与安宁

迎面一席舒爽的风
此隅，和它们一起数星星
一颗、两颗、三颗……万颗星子
允我只带走那颗既明亮又柔美的星儿

我和星儿在梦里私语窃窃
不再隔着舞台，就在烛光里
一处温柔的秘境
夜晚在这儿闭关修炼，天地人合一

掠过，闪过

掠过村庄田野，掠夺山川水系，越不过云团
掠过山绿、草青、稻黄，那抹红，越不过天之蓝
掠过浮桥、古塔、飞檐，越不过设定的行程

看，炊烟在山坳里，在故乡，在儿时的画面里
甘蔗林在牛群旁，甜在河畔，甜在涩梦里

此时接近傍晚，如你所见，一处山林在燃烧
如你所想，孤鹰不褪羽哪能得高飞
蛟龙不脱皮何以上青天。如你所念
突破万重迷雾抵达前方的洪流
化为这粒宁和星球的风和日丽
获得盛大的诗与音乐的场景

晨露光芒四射

从万物的仰望中，落日
看到了自己胜于中天的雄浑

落日之光撒下花粉，金色的群山
波涛一样涌动
诗情的小镇
——大地安静地躺着，受蜜一样交融

旷野或在滩涂，风中携来幽幽暗香
疆域何其宽广，可以策马扬鞭
梦想的旗帜尚在猎猎飘扬

停留就会迷茫，还是选择远方吧
拔剑亲征，接受星夜的洗礼
复活一轮喷薄的朝阳，校正时序
让温柔无顾虑再现，晨露光芒四射

楼塔即感（组诗）

冬 箫

我听到有明朝的声音

这次，我听到的
是一些明朝的声音
而且那么有秩序地向我飞过来

仿佛一群从明朝宫殿飞出来的蝴蝶
飘飞中有着丝竹的委婉
停留中有着书生的雅气

它们，也是排着队
颇有节奏地飞过来
把那些声音和影子
留在整个楼塔的上空
构成一张硕大的网
而我，只是网里
一个还在明朝声音里滞留的
匆匆过客

当时光可以慢下来的时候

当时光可以慢下来的时候
我似乎正在融化

像一杯把自己灌醉的酒
里面是方言、菜饺和细十番
我也是自己把自己迷路的风
一边穿越,一边怀旧
一边还从身体里取出童年
把另一半的现实替换

当然,不仅于此
我还让时光在日光下
堂而皇之地成为一种色彩
翻越了江南的篱笆

走过楼曼文纪念馆的楼道

在你走过的楼道上行走
脚步声总是特别的复杂
甚至,有举步维艰的感觉

我似乎在穿越
看一个人走在这里
打开窗,迎接一缕阳光进来
然后,屋宇亮堂起来

你身上的披肩也瞬间更加鲜艳

这时,有一阵风吹了进来
似乎要把这里残留的黑暗吹走
吹成天空蔚蓝的模样
最好还有鲜花和嫩草

我感觉到了幸福
我的,也是你的

楼塔段章(组诗)

张　乎

小野鸭

它把这段小小的江面称为家
它耐心地玩着芦荻、浮萍

把一小串天光埋进水里
像我们童年时一样
在土里埋上葡萄

风运来斑斑驳驳的种子
风卷着窗帘奔跑

水中有家
也有栖息的祖国
数不清的暗影
寂静中的一部分家族史

小野鸭忽然从水面上消失
芦苇还在摇晃
像某个转眼间消失的人

楼塔镇之夜

一生中肯定有很多次这样的机会
空气中有莹莹白光
那是星星擦亮了闪光的衣饰
而越升越高的蓝色云块
是炊烟把人的灵魂托上天
小镇沉默的枫杨树,合上
命运的双掌,偶尔有人声
他们只在低矮的屋檐下移动
把身影隐在窗帘后
在若有若无的水声里
插上一两句含混的乡音
小镇的沉默,不关乎爱恨
也没有家国
只有蟋蟀拖长了嗓音
叫一声,古老的街巷里
就有人应一声

仙　岩

矮矮的仙岩山蹲踞于
两条路的交汇处
右边是陷入梦境似的低矮村庄
左边是飘着青荇的河流
消瘦嶙峋的骨架,努力支撑着头颅的
小松树,它的身体里

疼痛已被压缩成岩石,又被
南来北往的风,一次次抽打

仙岩山上,道士已飞升
连鸡犬也升天了
它咬紧牙关,昂起头
这脱离痛苦的样子并不虚构
当晨光再一次来临
那些孔洞般裂开的伤口
已不能用新鲜的血液填满

而我们依然站在这里,这蒙尘的
世界,模糊不清的人群
依然要把前世所有的错误
今生再重复一遍

洲口桥

一块石碑上写着"洲口桥"
另一块石碑上写着"洲口桥"
我在两块石碑中坐着
看明亮的溪水
在桥下小声唱歌
听上去像细十番的小调
又像农妇间的争吵
一条灰狗站在桥上
沉默地望着远方

赤麻鸭踩着小石头上岸
扭动并不肥硕的屁股
河岸上,黄昏把采集到的所有光线
分配给一扇扇打开的窗户
让整个小镇,由内而外慢慢地亮了

楼塔镇,一条叫大溪的河流

这条河,究竟叫什么名字呢
不知道,我们都叫它大溪
从我嫁过来起,它就叫大溪
我的公公婆婆也叫它大溪
这些人,他们都这么叫

没牙齿的老妇,笑着摇摇头
对这个背着背包
在异乡街头瞎逛的人充满好奇

我想起小时候,我也是这样回答
询问我奶奶名字的人
她没有名字,她的名字就叫奶奶

你看,溪水日日响着
又亲切又温暖,带走了一个又一个
没有名字的人

楼塔的风度（组诗）

艾 璞

楼塔的秋天

高速公路上的秋天，纷纷次第倒退
两边开放的野花，交通红蓝绿灯的启示
我眼里特殊的秋天，非风度翩翩的楼塔莫属
稻谷的成熟，战胜一切空洞的说教

压垮树枝的果实，兑现曾许下的诺言
阳光不语，平静中展示力量和硬度
一片片鹅黄的叶子，一片片青翠的果园
这是灿烂的魅力山村，翩翩江南的代言

我的双眼被调皮的麻雀左右视线
只留下秋老虎对我的虎视眈眈
静坐在洲口桥旁亭子里
洲口溪水的歌唱如同梵音给我清凉
形体语言的风景，尽在楼塔的秋天里

一种歌唱的方式

我的呼吸是秋天的芬芳模式
我的运动是桂花幽香的弥漫
我的歌唱是洲口溪潺潺流水绵长而持续
我的颂词夹杂现代的游戏,带着仙岩的严肃

塔,保持一种笔直的态度,挺起脊梁
我温柔的目光深入塔身坚硬的内部
汲取骨骼的营养,引为标杆、样板
一种谦逊的歌谣,翩翩千年传来
细十番的丝丝声声,揪住人心
保持千年的特立独行态度
我握着扇子的手心,开出莲花
异乡和故乡的差别
存在于家花和野花的距离

对着碧蓝的天空,我放声大笑
整个人的思维像忙碌的蜜蜂复活
古镇的涅槃,从传递陌生的语言开始
一根从地底里冒出来的番薯藤
暴露了秘密的预言和古老的咒语

迷路,误入一处偏僻人家屋檐下
幽暗的老屋传来木鱼的敲打声
我的心如溺水的孩童,上下挣扎

步入老街,遭遇古老而年轻的水渠
我的心刹那间,有醍醐灌顶歌唱的冲动

古井抑或古琴

琴弦上七岁小姑娘独奏的手指上绽放花朵
诗人们惊叹的目光
湖里溅出浪花
无声中注入幽深的老井
眼睛里的欲望是另一种深井
冷井情深
热情度日

井
人生路上逗号和句号的转换
不小心地跌倒,都是音乐的高潮
太阳底下,一位嬉水的老太太如变魔术
老台门的一阵风,是秋天唱歌的知了
俏皮地游走在门前门后挥洒写意大画
我们都是被时代所编辑

井里的每一滴水都是我们的眼泪
我只汲取感动的那一滴
楼塔就是一架巨大的古琴
我们轻盈的脚步在古老的琴键上舞蹈
并深深陷入感动的醉歌

良医楼英

远远地
闻到桂花的馨香
入肺,入脑,入心
这也是一种高明的医术
祠堂里的每一种广告
在我眼里退到屏风后面
抵达人心的永远不是美好的说唱
救死扶伤的妙手回春,证明一种真理

这个时代,有时某处也会病了
他需要走心的一帖中药
医治身体的病可用手,用药
医治人的良心病,只能用良心
时间是最好的太医
治疗人的脑病于无形中

药引,也需要打磨,辨识
良医,只医未病的病人

平安的鸽子

诗歌盛宴散场了,诗人们鱼贯而出
讨论诗歌以外的诗歌
酒可能是最好的黏合剂
拉近彼此的距离,也产生美

对峙中保持风度很重要

楼塔中心小学的夜空有星星闪烁
楼塔的鸽子都带着蓝色的哨子
诗歌朗诵会的最后一名观众
如猫头鹰般忙碌的楼塔派出所所长沈威
目光巡视检查了会场的每个角落
安全,是他今晚阅读的最美一行诗歌

诗歌是心情舒畅的催化剂
像点化豆腐的卤水
细十番,夜晚野鱼的回味
是最佳的平安驻守
媲美保安大叔的憨笑

鸽子和候鸟可以做很好的邻居
你我的笑容,严肃中藏着嘻哈
并蒂而开的平安和谐花朵,各表一枝
被兼容的照相机定格,收藏

邮　筒

胖还是瘦,现代社会身份的辨识度
期盼邮差到来,信件的光临
内心的邮路从故乡起航,抵达平静的幻夜
没有实力,只能成为别人的风景
5G 来临年代,书信和爱情一样紧俏

情感成为稀缺品，用于挥霍和泛滥的青春
徘徊村头，成为楼塔的回忆之一
孤独站着的邮筒，不是风景，需要瘦身
被窥视的秘密是另外一种感动
拍卖的文物，只是金钱
人生的尊严，不是肉身的不朽

步出楼塔古镇，我脚步蹒跚，情绪流泪
手中一把江南水乡古韵的扇子
气喘吁吁，和着潺潺流水
记忆里，只剩下美女和邮差组合
口水，泛滥成灾
精神逃荒到线下
在高粱地边学会如何散步

路过铁匠铺，回味童年拿镰刀去打铁的时光
我感觉手中的剑永远丢失了
被匠人按在打铁铺里，打磨我的大脑
磨成时光的驿站，供人观赏

秋　思

秋在果实上暂停，鸟在树枝上跳跃
半夜我仍清醒，房间里喝酒论人生
我静思，与秋虫对鸣偶尔啼叫
把花生米想象成一颗颗子弹

梦在梦醒后陷入纠结
我拿枪的手变成柔软馨香
扒着自己趋向成熟的脸,对落叶表示同情
片片枫叶涨红脸,天地间的书签

甘蔗正直的身体流淌甜蜜
这黑夜凉成冰,我交出金黄色的心
与秋天共振,抵达秋天的高铁站
我和一名叫秋伟的警察诗人
谈论秋天即将举行的一场特警青春诗会

伟大的秋天由许多谦卑的劳动构成
锤子与镰刀的交谈构成一种信仰
我用磨刀的手在纸稿上筑城
我把自己当成一个靶
让纷飞的刀剑或者
子弹射向我的胸膛
检验我的心是否
还流淌着殷红的血

夜深楼塔(外一首)

倪宇春

1

走出一场梦
走过一方山水
在秋夜的钱塘江南岸
唤醒草色芳香

走出千篇一律——
那整齐划一已司空见惯了
是日复一日,长年累月的
单调无趣,又倥偬交迫

但,萧山古楼塔啊
越千年时空,百年兴衰
今夜,夜色沉沉……

2

广阔的大道上
少有车辆来往
一个人,向陌生的人

借来一辆破旧电动车
向一个陌生的方向奔驰
一个越来越陌生的地方
是这辆破旧的电动车
在她物归原主前必须完成的
一次神圣的使命
终于
她越是靠近凌晨
越是靠近天界
越是靠近缪斯神示的方向——
城郭渐渐矮去
经声飘飞云间……

3

一位盘起发髻,穿着蓝裙红衣的女童
她行云流水般的仙乐
回荡在古镇笠翁小屋
那根不断颤动着的高音部弦线
连上了游子那根最脆弱的心弦
忽然见窗外一湖涟漪……

4

秋风在两耳呼啸而过
好像坐上了诺亚方舟
多想以浙南鼓词唱曲
唱起世上只有神仙好
轻和着昨日楼塔音乐细十番

共同演绎古越文明的生生不息
并在秋天里挽住
“人生短短几个秋!”

5

钱塘江潮声依旧
时序
未见“涛似连山喷雪来”
也未在诗人胸中形成惊涛
不去说愤怒出诗人
就这样仰脖而尽吧
在楼塔的温柔乡
在夜的深深处
借掩埋在“蜜陈陈”佳酿中的惊雷
饮尽春愁秋思,还有些许
莫明的记忆,那一张张
渐渐消隐的面孔
都在这半轮淡去的月色里
消遁

6

秋叶与桂花香环绕天神的恩典
和群山胸脯共起伏,汇成一条江
汹涌澎湃
在今夜
人神已共醉
楼塔始耸然……

红果之思

——题画兼赠天界兄并浙江诗人诸君

夜已深不可测
一个梦，在神交中
翩如彩蝶！那心事
依然凝成赤红，留下的一口芳馨
化作甘冽的玉洁冰心

在另一个世界的山坡上
她们热烈地燃烧着
而最火红的那一束
已在天界将一个人迎候

展现在我们眼前的
如此罗曼蒂克的色彩啊
有着向日葵花的定力
又比海子先生的山楂花果
更富母性的慈悲
一泓乳汁
超越时空：大地嗷嗷待哺

在秋的钱塘南岸
在音乐细十番环绕的
楼塔镇，她必将深邃
而又超越千年万年

楼塔谣曲（组诗）

王学斌

在楼塔听细十番

青石板冰凉、光滑
古宅前的旗杆刺入天宇
旗帜的云朵在高处

从弦里取出的声音，与从竹笛里
取出的，相互吟唱
又交织在一起
其实，从声音里也可取出历史

身体摇晃，仿佛旋律
是晃动出来的
仿佛困境、烦忧和某一刻的不如意
会在摇晃中消散

声音震荡几千年
声音里有传说，讲述故事的人
微闭着眼睛
敏感的人，容易在声音里走失

弹古筝的小女孩

声音从弦线里弹拨而出
带着阳光温暖的色彩
时而流泻,时而跳跃
在穿红衣服小女孩的俯仰之间

从声音里流出的泉水和月色
抚慰躯体,抚慰内心
麻木影子般退去,眼泪慢慢溢出

小女孩古筝般,从容而镇定
被镜头笼罩,目光依然清澈
没有人能走进别人
声音是一个通道,深不见底

洲口桥上

水在桥下流过,带走
一些什么
在桥上摇晃着的躯体
仿佛斟满酒
石桥沉默

在桥头闲坐的人
透过镜头,解读石头的话语
洲口桥有无数的化身

美院学生的素描
最能表达出石桥的风姿

行走在风景里的人
留在桥上每一个足迹
都有着很深的挽留

古　宅

墙砖厚重,斑驳中留下印迹
游人在古宅前驻足
或倾心于墙缝那抹的绿色
或凝视门楣上古朴的匾额

古宅有灵气
堂前的牌位威严
梁间的雕刻
沾染岁月的尘埃
门堂的石板上,回荡久远的足音

回声中,家族的历史犹如传说
真相难以辨析
有些事,在口头相传
也有些,刻在后人的皱纹里
显得格外明晰

马头墙上的天空被电线分割

游人走不进古宅的深处
回头张望,墙头的那茎草晃动
在初秋的光线中

午夜,在楼塔街头

无数个夜晚里的一个
灯光昏暗而又清晰
午夜的楼塔街头
影子忽长忽短

因为酒精,树叶簌簌作响
路边的草晃动不停
几个行走着的身体,也东倒西歪
偶尔响起的一句话语
惊醒夜雀,很快又归静寂

这是一群试图从冷水中
取出火焰的人
能辨析出一滴水里的波涛
却迈不稳脚下的路

在街头踟蹰的人
尽管无声走过,而有些语言
在默默中
感知远处黎明的涌动

楼　塔（组诗）

山　月

乐声如诉

——听楼塔晚会小提琴曲有感

今夜，任由花瓣在舌尖起舞
于是，我被缠绕
不能解的是——理智和感性对峙的一部分
各自拥有千军万马，对我开弓

一盏微弱的烛，点燃泪光
逆光
我的目光与一只麋鹿相遇
湿漉漉

寂静中，我终于听到
千军万马缴械投降的声音
这妖艳至极的夜曲

在洲口桥上

不明亮的路灯

刚好投影在狗尾草上
狗尾草俯身成问号
谛听
流水与礁石的交谈
它渴望离得更近一些

我轻吟着你的诗
渴望在暗夜与你相逢

遇　见

她的指尖
划过雕花的门
停留在一个骑马的男子上
她想起了梦中的书生

院子里
一阵桂香
送远了马蹄声

记忆楼塔（组诗）

应先云

过洲口桥

堰坝宽阔，招引鹭鸟来此生息
稗子草只听从风的号令

桥下，流水可以不起眼
卵石可以不起眼

这些，不影响探究一座桥
以及桥头那棵老樟树

你，是一个符号
承载着几代人的希冀

你，是一抹记忆
入脑，入心

你，更是一种象征
入言，入行

观楼塔镇

去楼塔,需走过一道玫瑰门
沐晨露,受密函

闭门造车的想象真不靠谱
楼塔,无塔又何妨
细十番替代了高耸的塔顶

经指尖流泻的音符,拨动了古镇
一盏清茶引出隐居的许询

木工是祠堂的化妆师
斑驳的泥墙,吱呀的木门
流年一次次投影

每一条巷弄,每一扇窗框
发散出老底子的味道

我确信,远处的风还在积攒着
积攒着,到了一定高度
将成吨的阳光撒下来

品细十番

叮塔塔,细十番
细十番,叮塔塔

吹吹弹弹，敲敲打打
哪个都秀气，哪个都亲昵

你听！琵琶、二胡、三弦、古筝
月琴、笙、箫、笛、阮……

如行云流水，活色生香

你说，细十番的细是反语吗
出场的乐器如此之多

这民间的圣音，六百多年
口耳相传

不祭神鬼，不入红白喜事

喜欢山水，来楼塔
喜欢江南丝竹，来楼塔

细十番（外一首）

余 退

与声音合影
站在老乐手们身前，诗人们三三两两拍着合照
谁不小心就会将古老的魂魄摄进去
古老声音里的杨柳
总有几棵被移栽到了照片里
笛子、云锣、木鱼、檀板、大鼓
在虚化的背景里弹奏
让我想到三毛讲述的非洲人
敏感而愤怒
要求毁掉胶卷
害怕魂魄被锁进小小的匣子内
读三毛时我总会被黑魂魄们惊扰
总有不知情的黑人在不经意中被摄了进去
而楼塔的老乐手们
他们因为太过慈祥而浑然不觉

在楼塔与阿剑论诗

上午，穿行在楼塔的

老巷子里,时间显得紧促
我们聊辛波斯卡,聊米沃什,聊雷平阳,聊朵渔
聊如何虚构出另一座
同样大小的楼塔
一座四合院里,一位老妇人
热情地招呼我多吃
两个青团
我们继续聊
聊新柏油路压住的小动物们
聊它们如何一动不动
如何凝固成公路的一部分
聊轻和重相互托起
当转角处一个女诗人和一个
扎双辫的小女孩
坐起了跷跷板
躲在墙阴里,我们端着一纸杯茶
继续聊
聊我们究竟是如何留下来的

楼　塔（组诗）

飞　白

夜宿楼塔镇

街道如此干净
有切肤之痛
像很多年前记忆中的样子
我开着车
行进在钱镠路上
许是领命而来，又宿命而归

没有人烟打破这种空寂
在快接近傍晚边缘的小镇
它内心的夕阳、远村和秋虫
都隐隐落下
它们眼中的夜
已无须喟叹和深究

此刻，这片野田的后工业范式
瞬间拥有了某种动听且蹊跷的命名
我手捧秋穗前来朝觐

一粒献给初生
一粒献给不忍

楼塔镇中心小学夜诵

他们都在高颂——
树叶空置，微微颤抖
所有密语都瞬间解除逆鳞

人群擎着火把
泥浪、褪色的风声
在秋后慢慢沉入某种细密和解构

那晚，从礼堂出来
楼塔镇已把我打磨成
一个鼓胀的动词
洲口溪许是另一个

过楼曼文纪念馆

鼓乐齐鸣，光天化日下
某种阴郁闪过世居的屋檐
人群盛大
海潮密藏哀鸣

比这更奇特的词语开始酝酿
每迈出一步

青石板嘭嘭作响
我们低声交谈
怕是惊扰心中噙泪的菩萨

我只认出一半的楼塔（组诗）

一　酸

这个九月，我最应感谢的是诗歌
魔力用一句诗就能释放
台风再疯狂也被诗给拐跑
我就着山峦和田野
被诗歌导航到了楼塔
只为赴一场从唐末赶来的约会

以诗歌名义，远离历史战火
无法将一座城从心中抹去
战斧劈下十八道痕
如此有温度的回应
成为楼姓人的乐土

以细十番作为背景音乐
楼英的脚步从巷弄里穿过
那悠长就如音符被一一拨响
其实我只认出一半的楼塔
古城和仙源已浑然一体

钱镠路

楼塔镇钱镠路
连接起新城与古镇
古镇新街，新镇古名
梦境与现实来回切换
千年的时光散落在这一千七百米的街道上
视野里，时空混乱
田边栅栏，城市街道
连接起了两个时空
一边是二十一世纪现代城镇
忙碌着七十码的车流
一边是唐末的田园
风起的清晨
整座镇弥漫起稻香
感叹楼塔土地肥沃
可以同时长出高楼和庄稼

井

时间躲进井圈里不忍遽去
将岁月虚幻成现实模样
往事被扁担一桶桶挑走
甘甜滴落在青石板上
化成一个又一个音符
用不连贯曲线
勾勒出童年的故乡

古镇、古街、古名
我坚信，沿着小巷青石板
可以一直走到唐末
总归有些往事不该忘记
就如井中不竭的清泉
仍在轻轻吟唱
将岁月拉得绵长
滋润生活的甘甜

楼塔细十番

指尖在弦上游走
似洲口溪流水呢喃
总能在最恰当时间入驻心房

笛、笙、箫同时奏响
风穿过古镇小巷时的调皮
儿时记忆如墙体斑驳

时间踩着鼓点从明朝而来
一些音符落下
轻柔，勾勒千年墨痕

脚步穿过古镇
楼塔便是你的作品
青石板作鼓，溪水成弦

很多年以后
我还能记起楼塔的月光
与洲口溪窃窃私语
借着微醺的醉意
酿造出八月桂香
细十番刚好合奏完新曲

英　魂（外二首）

徐卫君

无路可走的那一刻
其实还有柳暗花明
转弯的豁然，悬崖下的风光
蓝天上的痕迹，思想的蜕变
心中撬开三千世界

一个女人，楼塔的英魂
她从远方走过
一条路绵延弯曲，通向罗马
结论是：她是共和国的见证人
她选择的路阳光灿烂
道路和方向，民族的腾飞

而今，楼塔的男人女人风轻云淡
约定俗成的生活方式
轻歌曼舞的细十番
青石板的光阴中，流水无声
听见了瓦的缝隙，虫的吟唱

另一场世界大战
复兴之路
正在体内酝酿

洲口桥

从五代十国开始
楼塔
渴得把石头嚼成岁月
唯独你还活着
溪流驯服了洪水和光阴
你拴住了时空这匹烈马

石桥、石缝间斑斓的绿色
触碰千年之风掰开的肌腱
多少人走了，你高举着完整和残缺
一直这样，你的一辈子太长
每一块砖头都深藏着刀光剑影
弥足珍贵

此刻，车流如织
无论生与死，寂静与激荡
你继续活着，看人间
来来去去

弹琴的女孩

行走在唐诗宋词的楼塔
琴声从弄堂里溢出
高山流水遇知音
是谁？谁在呼唤沉寂的小巷

听见了青松低鸣，微波轻漾
听见了山的庄严，水的清亮
觅琴声，穿过水臼侧门左绕一弯
众多钟子期，呆立在天井旁
竹边一个柔和清脆的女孩
指法飘逸，那行云流水的淡然
定是伯牙从春秋战国遗留下的
一曲焦尾

琴声越发激扬，扶摇直上
戛然而止，这个九岁的丫头
起身作揖，回眸那一刻
时光静止，掌声四起

楼塔即景(组诗)

沈文军

在楼塔镇拉黄包车

一辆辆黄包车街头待命
小彩旗旋风般奔跑呼唤
洲口溪的泉水汩汩流淌,绵柔亲切
细十番的乐音激越昂扬向上
楼曼文英姿飒爽遥望曙光的腾起
李可染的山水画卷,充满怀恋的乡情
楼英楼晋祠堂日昇里古风朴实
现代气息自美创空间的城市书房扑面而来

一辆辆黄包车穿越历史
穿过楼塔镇的大街小巷,街民面带微笑

在萧山,我找到阮氏三雄

相传山东没有水泊
梁山水泊,是钱塘才子施耐庵的梦中江湖

相传古时候的萧山一片汪洋

打鱼的渔家们漂泊江湖,义气浓厚
阮氏三雄的传说就从这里传遍

如今的萧山,高楼林立道路宽阔
当年的施耐庵若能活到今天
水浒定会重新改写

此地的诗歌节,众英璀璨
诗人汇聚
盼望已久的阮氏三雄,重在这里扮演着江湖的角色

再一次到萧山

梨花已结果
葵花正迎着太阳微笑

再一次到萧山
楼塔古风从洲口溪缓缓吹过来

小街细长小巷悠悠
林林立立的名胜古迹
像寒山寺的罗汉重重叠叠在青山的环抱

泉水在街道中涓涓流过
店铺中的点捺撇横在书写着
萧山的繁华

再次到萧山
再次结识的文人墨客
个个似梁山的好汉,各自武艺尽显

仙岩路

沿着长长的洲口溪走向深山
流水叮咚,秋风飒爽
下班的人,下山的人蜂拥
暮色苍茫中,碗筷瓢盆奏响乐高
袅袅炊烟升起
幸福安详

楼塔即景

走进楼塔,就到了古代
流自唐朝的水
铺自宋代的路
元朝建的房屋
明朝的街道细长细长
小巷像清朝辫子盘根错节
民国的墙壁似长城般长长又牢固

漫步楼塔,犹见许询羽化成仙
黄巢弃刀整顿军纪
王勃赋诗清风岩下百花春
钱镠斧迹万古千秋

还有一塘二祠三街四廓五馆六园
还有二十二古井,三十弄
百处老宅尽显万古风情

楼塔的兰花草

蓬蓬勃勃的兰花草,长在长长的小街上
像着旗袍的女子,亮成古镇的神韵风采

秋风从仙岩山款款吹来
流水在街上涓涓流过

紫色的花朵在夕阳的映照下
喊出热情的口号:欢迎光临

吟诗,泼墨
栩栩的兰花草是楼塔的风骨

在楼塔,我学古人戴草帽

楼塔藏有曲径幽通的秘密
流水缓缓地流

楼塔没塔,古朴就是明灯
楼塔有塔,历史就是佐证

楼英穿长衫采草药

是百药山赫赫有名的草头王

仙岩山兵家必争
黄巢挥刀整军纪
唐宋元明清民国
德孝忠金牌字样
我学古人戴上礼帽
梦想在楼塔上飞扬

楼塔的风

风从仙岩山吹来
从百药山吹来
从洲口溪吹来
源自历史深处的风
像歌,像雾,像雨
像绵绵的丝,缠绕心头

风在吹
草在长
树发芽
流水照长天,瓜果正飘香
楼塔的风里名人荟萃,古朴典雅

楼塔恋曲（组诗）

金建新

贺楼塔

——“首届浙江诗歌节”暨庆祝中华人民共和国成立七十周年大型诗歌朗诵会成功举办

千年的楼塔古镇
千年的风霜雨雪
千年的养精蓄锐
今天终于，终于把平卧的洲口溪竖直
拉成一张满月的强弓
射出了，震撼江南大地的一支响箭
恰似，恰似，浙江诗歌的西昌、酒泉

从此，这一方夜空繁星闪烁
多想摘明亮的几颗，挂在窗前
多想在无塔的楼塔
建一座诗歌海洋的灯塔
去摘文学皇冠上的明珠
在塔顶、塔檐、塔的每一个台阶
做恰如其分的镶嵌

从此,仙岩山上那片毛竹林
把连劈十八斧石缝撑开
竹鞭上长出犀利的笔锋
舒展筋骨,气运丹田
千军万马蛰伏着,等待着
等待着来年春雷爆响
看雨后春笋,漫山遍野

从此,青砖黛瓦的古镇
唐代流出的那股清泉
穿过细十番五百年的缠绵,微波如织
穿过十碗头的原汁原味,滑出舌尖
从灵秀的楼塔,漫延至浙江大地
更清澈见底,更甘甜生津
把诗歌的田野,一道道滋润,一遍遍浇灌

楼塔的月光

邂逅楼塔的月光
那是中秋节前,被晚风挽着的晚上
静静观摩,细细咀嚼
别样的舒心润肺,别样的缠绵悠长

楼塔的月光多么柔软
洲口溪这么个大弯
她也不动声色就绕了过去
把那一泓碧水,依依的垂柳

一股脑地拥入帏帐
这柔软,何等的优雅
那亭台楼阁飞檐
那洲口桥下的溪流雪亮

楼塔的月光多么稠密
灌满了山岙,铺满了田野
凝固了古镇的大街小巷
古宅上密密麻麻的瓦片,全黏在了一起
秋虫在秋叶上漫步
身后拖着一道浓郁的光亮

楼塔的月光多么芬芳
秋夜里沉甸甸的稻谷,正美滋滋地独享
在这香郁的月色中
虔诚的拔节灌浆
丰收的喜悦与秋粮的酣醇
悄悄地塞满了楼塔人的梦乡

忘不了楼塔的月光
潮水般淹没了古镇,淹没了山岗
淹没了,一大帮如期而至的山外来客
在这银色世界中,我们多想跃上月宫
在银河中荡起双桨
醉里梦里,畅游到天亮

一缕琴声

幽深的古宅,雕梁画栋
一方天井,囤积了千年的雨露
古镇的灵魂,在此修炼成精
一缕琴声,越过唐宋元明清,弥漫今朝

如此妙不可言
如此迷魂摄魄
荡漾开来,琼浆玉液已泛滥成灾
一大片游人,统统被醉倒

天空的白云停止了脚步
树上的鸟儿停止了啼鸣
一只红蝴蝶,正劲舞翩翩
小妹妹啊,古筝竖起来,远远超过你的身高

十名选手,二十六条跑道
金雀正跳跃,骏马在奔跑
你的额头汗珠闪烁
夺冠的喜悦已上了眉梢

高山流水,吞云吐雾
一道彩虹架起了天桥
雪白的流泉,松石间铺开
缓缓地,轻轻地,一大片花儿开了

纤长灵巧的玉指正在拔节
大珠小珠，洒落珍珠多少
晶莹剔透，有谁带来了玉盘
多想多想，收藏这楼塔的古镇一宝

等 诗

金秋的阳光
暖暖地洒在洲口溪上
形态各异的鹅卵石
仰望着天空，把各自往事回想

曾经是山峰高昂的头颅
那一年山摇地动，电闪雷鸣
不幸跌落山谷，身陷囹圄
抬头望星转斗移，盼翻身岁月悠长
全凭钢铁意志，全凭热血满腔
勇敢者在无数次厮杀中
遍体鳞伤，却初心不忘
懦弱者被碾成了细沙
悲歌一曲，流向江河，流向海洋

尽管岁月磨去了棱角
流水早已浇灭了火爆秉性
内心依然坚忍不拔
冠以鹅卵石之名的
都是千锤百炼中走来的英雄模样

一枚赤色鹅卵石早已搁浅
铮铮铁骨,炯炯目光
一枚洁白的鹅卵石依着溪流
那清泉,把婚纱披在她的肩上
虽然近在咫尺
却牵手比登天还难
等待,只有等待咬得牙根儿痒痒
等待来年春风化雨,溪流咆哮
挽起你的手,一起走向婚礼殿堂

土墙的诉说

仙岩山坡的黄土
洲口溪中的鹅卵石
千百年前,我们怀揣着美丽的梦想
无怨无悔,紧紧地依偎在一起
感谢楼塔的先辈们
那夯板、那杵头、那一声声敲打
便是我俩殷切的红娘
汗水与泪滴交织中挺立着
顶天立地

未经历山崩地裂炸药的洗礼
未曾待七天七夜窑火的考场
纵然没有岩石坚硬
也没有青砖那样整齐划一
只要我们情投意合,不离不弃

同样是古镇的骨骼、脊梁
同样的千年不败,迎来古镇新时代的繁华
那斑驳尽情绽放着,我俩的笑容,我俩的甜蜜

楼塔三部曲

胡加平

走进楼塔古镇

——给你

走进楼塔古镇
那些小巷连着弄堂
被藤蔓缠绕的农家围墙
长满青苔的庭院
斑驳的窗棂,和有些年头的灰尘
楼英、楼曼文纪念馆
还有楼氏祠堂
是楼塔古镇人的魂魄和精神领地
环绕古镇的洲口溪里
排列成行的鸭子在浮游
一盏暗淡的灯笼亮在后溪巷口
像流星游荡在月亮的边缘
我们经过石板小巷
一本正经,哼着儿歌
假装和你并排坐在一起看戏
没有操场和玩具,唯有梁兄和英台
傻傻地看那星星和萤火虫

直到秋虫停止了歌唱

斑斑驳驳的墙壁
是岁月的另一张面孔
和时光一起
储藏在记忆的抽屉里
读懂它时已过千年

楼塔之夜

楼塔古镇在黑暗中入睡,空旷而绵延
星星在溪水中流动
一只弓背的猫
逆着光,穿过花厅弄的窗子
静静地沉思,来到人间有多久了
那一排红灯笼还在亮着吗
许多年后
那只猫还在想
一天晚上
有半个月亮和一群诗人
在长长的叹息声中
曾经,和它比邻而居

楼塔生活

楼塔古镇的松散生活
是来自土坯墙上的斑点

以及钱镠的传说
和脚下鹅卵石的往事
这儿没有铁丝网、战争和焦土
破旧的木窗已经修补
节日的时候，挂上一排排红灯笼
庭院里放一张桌子和几把椅子
有松糕和瓜子，茶水
还有一些小吃
东楼宗祠里的掌声和笑声
断断续续
和蝴蝶一起患了相思病
镇中空地上，一群细十番演奏者
把那些古老的曲子
望庄台、一条枪、八板等
弄得悠扬悦耳
沿着洲口溪水环绕古镇
让我们的心
沉浸在古镇的余韵中
久久不能释怀

楼塔三章

林夕杰

光线词

秋日阳光是好色之徒
来得猛烈时,女人们打起伞

这是种恰到好处的关系
名花有主的人迟早要成为看客

要学会让过去和未来更好相处
要学会安静,可捡拾满地黄金般的阳光

像个小女孩,她还不懂得肤色的意义
蹦跳着,去看一辆单车挂在后花厅的墙上

看小巷娇羞处人满为患,看有人在门缝前
用镜头窥视旧时光,随后将之定格

而郊外,大片葵花向阳盛开
这呼之欲出的灿烂,却在叫我转身

路人书

人也是由因而来的果
种我的人已经慢慢老去

像一座古镇老得没有了声响
而我经过它，仿佛在经过自己

经过一条闭口不言的河流
我们互为路人，又可相依为命

在最好的季节，为对方摘下最好的果子
这无关悲悯，活着都是心甘情愿的

如一些老乐器，只要它们活着
就能演奏出细十番，这多好

纯粹的楼塔，纯粹的脚步声
以及纯粹的哭和纯粹的笑

再纯粹地坐一次跷跷板，那老去的
声音，像是对过往的一次奉劝

流水曲

秋水明净，眨眼间住着菩萨
你瞅过的月色里藏有小片江南

我把过往看成一部愧疚史
把走过楼塔的陌生人看成转世亲人
向他们喊出爷爷、奶奶、叔叔、阿姨
……

这不是作践自己的方式，小丑背后
也会有忠实观众
人们一旦停止了调侃
凋零的日子里就会开出崭新花朵

就会在即伤即愈的水面找回镜子
像个隐士般照出仙岩山的脊梁
照出溪边浣衣女子，公子依然俊朗

他穿过漏了的故乡，随一条河前途莫测地奔流
而大海始终在更低处，做出拥抱的姿势

楼塔街边与某人对弈

伊有喜

1

我跳马，你就飞翔，你有
与年龄相称的沉稳
不急于一时
对美食和美女都保持距离
拈棋子的手细白，经络比少年时
隐藏得更深，血流得
更慢
你看着我
拱卒架炮，妄图对注定的失败开火
妄图以弹丸之力，跳出生活的包围圈

你轻叩棋子的声音孤独地
悬在门扉上，像某个夜晚
空寂的街道上响起的敲门声
带着某种犹疑和探问

2

像大多数人一样，习惯于在纸上

做一场虚拟的厮杀
“棋子木头做，输了再来过”

一颗过河的卒子，跌跌撞撞
总是给别人制造麻烦
不经意中已走到生活的另一面

我举棋不定
多年前惯用的必杀技
已经遗忘
遗忘的还有我身边的这条小河

3

小镇上，影子虚空
路灯是一个观棋不语的君子

夜深了，我们站起身——
粗糙的青石板，有谁还记得
从这里走出去的少年郎

石桌上摆着残局
不知在月光下，棋子们
怎样平息剩下的争斗
不知道露水上来时
它们怎样放下刀剑，安心做一颗
微凉的棋子

印　象（组诗）

达　达

从恒成到仙岩

我们住在恒成
他们住在仙岩
中间隔着不可移动的一千七百米

我们步行穿过岁月
他们优雅地坐着
也穿过岁月
最后同时抵达某一时刻

这是楼塔镇的傍晚和早晨
宁静，无为
仿佛什么也没有发生
又仿佛经历了百年

过一座桥，踏入第二种时间

萧山是现代的
我们习惯称之为“萧山老大哥”

顶礼膜拜

即将要进入的楼塔是萧山的古镇
据说那里仍保留着一千多年前的时间

接通现代与古代的通道
是一座桥
这与我们想象的情景高度一致

的确应该这样
桥上,有风微微吹着
多少年代逝去,多少风空空吹过

而我们只须通过一座桥
一步就踏入第二种时间
仿佛经历第二次人生
内心的欣慰如小草一样茂盛疯长

楼塔镇

从市区到楼塔
中间只隔一片郊区

田野、荒地、道路和水渠
安插其中
诗歌、古琴、山水书画
被置于牌楼

岁月空旷不过是其中的一种说法
千年文化应有千年的样子
无论是耕读传家
还是楼氏、章氏、俞氏祠堂
都见证了楼塔作为仙岩之地
有过一轮不朽的月亮

而我们一路向南，足迹抵于此地
踏进楼塔，洲口溪激荡出又一朵小浪花
相对于时间这座塔楼
我们谁不是过客

从市区到楼塔
中间只隔着一片郊区

楼塔十四行诗

乔国永

1

一张大床，两个苹果，两根香蕉
刚好填平一个挑剔香客预设的裂缝

三〇一八房间，一应俱全，只缺少了一只烟灰缸
多完美的缺憾啊！不起眼的器物尤其懂得宽慰之道

即将轰动的场所从未如此安静过
这和各种屠戮来临前祥和的静谧截然不同

整条街的店招都在躲闪着
躲闪着阳光的垂幸，躲闪着眼光的揶揄

一起行走的人两两更换着组合
结伴到终点的人终于可以丢掉烟蒂和寒暄

有人说这平淡的江南景物只会触动北方人
绝对的深度迷失——意识被两个世界摒弃后的放纵

时间的蚀物受到供奉,人间的俗气
才会失去长久依仗的伞柄

2

七十年,一滴红色的琥珀
为一对母子的隔世倾谈而融化

母亲楼曼文芳华依旧,儿子已鬓发苍白
信仰打开时间的后门,被拘禁的肌肤回到了骨骼上

但无论儿子怎样呼唤,母亲都不能回头
慈悲的血腥没有人能承受两次

爱仍有意义,为她而生的仇恨得不到点化
才是人间最深的悲痛

让虚拟的双手握在一起吧,让苍老的婴儿
回到分娩的时刻,太平盛世,他们该做一次旁观者

从掌声中醒来,母亲的青冢回到山坡上
儿子去幕后,帮母亲卸下戎装

下一幕开始了
红色的琥珀放走了一只受过洗礼的昆虫

3

春波带来两种烧酒
一种酷似淡爽的清啤,一种极像金龙鱼调和油

视觉和味觉真诚且深蕴教养
它们的对立不露声色,矛盾就这样演变成一门学科

面对色诱,有人浅尝辄止,有人一醉方休
端起酒杯时,有谁是想着酒本身

“有一张面具将要消失”,不胜酒力的人
要碰响多少酒杯才能脱胎换骨,完成与自己的告别

还是回到春波的络腮胡和柔和的眼角纹上吧
有时,温吞的妥协和违心的劝解才是王道

不得不敬佩阿罗,他总是趴在酒桌上完成涅槃
萧山的酒胜过塞壬的魅歌

沦陷是必然的
在天鹅绒般的深渊里
天道端正,空者为王

4

楼正寿老先生端坐中央,如祥云之上的佛祖
看穿凡尘的污浊却雪藏法力,淡笑不语

他想说的都托付给了一把二胡
负载重托的还有笙箫笛月琴三弦琵琶古板……

民间的圣音不逊于大禹手中的耒耜
雅俗之间的壁垒不必摧毁，只需留下一个豁口

宫廷里的丝竹妥协过吗？谁敢肯定低眉顺目的乐人
没在五音之中藏过匕首

一曲接一曲，天籁之网终究没罩住几条呆头呆脑的小鱼
真该把龙门之后干涸的裂缝呈上供桌

乡土乐师们收场了，他们的手掌撤回乡野
余音绕开合影的台阶，追随他们而去

有人捧起遗忘在墙角的二胡，悄然腾空
只有他沾上了一滴助飞的雨露

5

一千多岁的时间仍留守在古镇里
它们放不下那些碑文

门楣、砖雕、石基，暗合平顺的机理和运道
熏风撩起窗帘，收纳血管里的碰撞声

三十条里弄，百处老宅，就算它们折合成
一小片桑叶，也够最贪婪的蚕咀嚼一个冬天

周围的水一直在时间里流淌
我们在时间之外寻找水源,愚钝的骨骸随处可见

都不想回去,不如就让光把我们镶嵌在墙壁上
给理想留一点喘息的时间

十一岁的小姑娘在古谱里埋下慧根
我们苍老的脚踝已积满腥液

退出古镇
时间的重闸在身后轰然坠落

楼塔镇之夜(组诗)

天　界

朗诵会在楼塔镇中心小学

夜色抵达大地之时,群山落满星光
谁都无法靠近
远远闪烁着
一种不可捉摸

群山对面同样也闪烁着星光
但孩子们的读书声
是真实的
还有那些干净的眼睛

真想让它们永远这样
多年前的我们,是否也一样
今晚有明月,有大批人走进这个学校

有陌生的声音从诗的喉咙里
走出这个小学
它是否具有盛大而
博深的生命

它会让这些孩子的眼睛
充满好奇吗？我们是否也如此

楼塔镇之夜

当所有人睡着，我还在梦里倒酒
倒出旭日和残存的夜色

我在恍惚的酒杯中
紧紧握着伸出，随时可缩回去的一双手

以及恍惚的眼神
这些确实都是我
或另一个人

而楼塔镇并没有遗弃我
这古老小镇容纳过太多的我——

许询、支遁、黄巢、楼英、王勃
还有另一个我：天界

这个囤积居奇，不夺他人锦袍的人
此刻或许正在敲响一扇门

或许已睡在荷尖之上
睡在楼塔镇安谧又惊心动魄的龙潭附近

九月七日，夜饮楼塔有记

都是我最尊贵的人
空气中寄出一份酒香
它给了谁

如果走错了路
那是应该的
千万不要辜负这些
浓稠的好酒

我的杯子喊出众多名字
唯一没有我自己
你看，来过这里的古人远远大于我

而楼塔镇的酒至今没有尊卑
当一个人慎重举杯，便有生死契约

我做到了吗？这样的夜晚
多么幸运
当一个人开口说话，满天星光
为他铺好舞台

当我一扬脖子喝掉蜂蜜酿的酒
我知道，今晚有一张面具消失

夜宿楼塔

楼塔镇的美远远大于传说
比如细十番
可以演大戏唱大腔

楼塔镇有塔吗？洪昇一辈子只为一件事
却始终没能住进长生殿

细十番能招魂吗
楼塔镇的美,怎样才能说出来

山水倒是其次
要是有一种抽象
替代一只凌空而起的老鹰
就说对了一半

另一半,是五十岁的他
夜宿小酒馆
汇通四方,却找不到准确的落脚点

在楼塔镇的一条小路,我想起了我

有着香气的小镇之夜
有人慢慢从路灯下,走向另一盏路灯
我踩住自己的影子,跟随他们
有时踩住他们的影子

路边不知名的树
它们在月光下像一座摇晃的绵延群山
我跟随他们穿过群山
有时穿过自己
我们走向哪里？
我又走向哪里？
此刻只有远处等待的人知道
这个光明又阴晦的夜晚
楼塔传出古老气息
我怀疑我不是我
那个在远处等待或来接我的人
是我前世错过
今生爱恋的人？我又是谁？
一条路空荡荡
月亮已经被云层遮住
只有楼塔镇的路灯，看见了我的窘迫

楼塔听越腔：黛玉焚稿（外一首）

徐 徐

那个死去的女子，被无数次复活
悲凉在人群中漫漶

我沉默，从楼塔古朴的茶器里
小口轻啜石斛花朵

幽婉雕刻古宇姿态，从小盏里
喝出火焰，喑哑、微茫

那深烙文字和修辞的火焰
攫住咽喉
就让一切欢愉在泪水里沉眠

焚烧，用炽烈和孤绝
诗的筋骨
让爱的飞檐腾出弧度

短暂的复活，落幕

有人从身体里取出灰烬
一遍，再一遍焚烧

楼塔之夜，与诸友信步洲口桥

——兼赠阿慢、美云、山月、沁沁

我们提到了奔跑
在一座陌生古城，桥梁架起的灯光里
说出岁月曾在各自身上种下蛊毒

咖啡因和茶多酚
或者令夜晚苍白，或者
令苍白不那么冰凉

我们对陌生的流水坦白
由于黑暗，燃亮过眼睛
因此光明成为不可即的焰火

我们再一次提到，喜欢奔跑的
诸多理由以及
那些终于没勇气奔跑的迟疑

我们在没有月光的夜晚
俯身一座古桥，我们看到一支流水
踉跄奔跑的流水

楼塔诗三首

肖　今

楼塔的慢

古镇很多,楼塔只一个
一个在古字上执守的小镇
时间在这里被谁拨慢了针

水很慢
慢慢打磨洲口溪里的卵石
慢慢跟随洲口桥上的身影

路很慢
慢慢绕过一间间斑斑驳驳的墙门
慢慢刻下一个个深深浅浅的脚窝

风很慢
慢慢吹醒阳光下童年的梦想
慢慢带走岁月遗漏的青春

悠悠琴声挽我们驻足
美味茶歇叫我们坐下

跷跷板消除了年龄的差距
那些墙上的一字一画
仿佛都有点穴之功
叫我们做了楼塔的慢人

墙　缝

不是不可以省
不是不可以合
这一分为二
天平就不会一头倒

留一条缝
让它像气管一样呼吸
让它自由招待风雨
让两堵墙独立思考

在这墙缝面前
行人看缝是缝
游客看缝不是缝
屋主看缝还是缝

诗人呢？会不会
一千个诗人一千条缝

那些老房子

它们老了,肌肤破碎肢体残缺
但它们没有倒下
细心的木匠是它们的医生
也是修容师

在楼塔,老房子是幸运的
没有拆迁的提心吊胆
也不用被篡改得面目全非
它们最有可能保留本来的面貌

历史走多久都没有走失
老墙上的门牌简介
如同昼夜通明的灯笼
照着风尘中归来的旅人

这也是身份的亮相
亮出老房子的精神
每一座房子都有了出处
和生命历程

走在楼塔古镇弄堂里（外二首）

云冉冉

粉墙高耸，把天空切割
一条蓝色的河道
流淌的时光由此慢下来
向我依次交出事件与人物出场的名单

刚拐进弄堂口，细十番从六百年的沧桑
现出真身，又随我们拐进弄堂的悠长
一群老人，手指翻飞，从天籁里
种下平静，种下饱满的证明

那些斑驳，孵化为云
灰色的墙壁，跻身同框
我们无法寻觅许询羽化成仙的旧址
也来不及考证黄巢弃刀的故事始末

只是感慨钱镠的斧迹，在瞻仰的人间
生活千年，却被毁于几十年前
马灯龙灯在夜晚，用灯彩

回忆洲口桥走过风雨和战火的故事

九曲溪绕镇而过,溪流走街串巷
古井星罗,石埠棋布,雕花的石窗画檐
从明清到民国,再到现今,美集结为内敛和厚重
“修身齐家”“渔樵耕读”闪耀在门额上

他们不炫耀,名家所撰的字迹,名人久闻的逸事
不过是偶尔在回忆里指认的凭据
在弄口沉迷于一块米糕的清香,身着旗袍的女子
她们的娉婷,轻易拐走我的眼神

循着古筝声,前溪弄的日昇里
一双稚嫩正在专注拨弄,所有的旧,集体后退
绕过中祠弄下祠弄,绕过已知和未知的曲折
前花厅前,一只旧陶罐里,新绿已跳跃出生机

参观楼曼文纪念馆

我们是踩着阳光的心跳走进的
不让须眉的巾帼,平静地看着我们
我们不平静地回应
那些经历的艰苦和曲折
在展馆里折叠
我们轻轻翻开,静静阅读
又踩着阳光的心跳,跨出门

在祠堂

迎面的你,面容清癯神态慈祥
悬挂堂正中
你手中的不是拂尘
是一只高悬的济世的壶
救天下人,也救后人

挑灯夜读,伏案疾书
所有的声名鹊起都有缘由
苦读的汗水和普世的悲悯
换来门庭若市
医人体,也医人心

你告诉我,你的身体里
住着清风,也住着雪花
“闭户著书多岁月,挥毫落纸似云烟”
在我看来,一个请辞还乡的“神仙太公”
留下《医学纲目》不是为了光耀,是为了苍生

一个医者,洲口溪一样清澈
不惧秽臭,不分贫富
不要高官厚禄,不附权势
坚守的那颗初心,救无数古时的病人
也救现代不敢看病的病人

楼塔，一辈子与诗歌做情人

康　泾

1

楼塔，兵家必争
争的不是楼，亦不是塔

2

塔下有楼，楼上有人
明月松间照
照出细十番里
细腻的风

3

老邮局墙上
贴着今人的情书
老邮筒前站着的
是旧时光里绿色脚踏车
与游移不动的对视

4

十八斧头连劈
削去表皮
石山应声
露出一颗
柔软的心

5

柔软的背面
是楼曼文对新世界的留恋
是黎明破晓前
雄鸡的打鸣

6

年过半,恰逢大宴宾客
人过中年,依然可以
横跨子夜

7

残垣不愿意离开故土
粉灰却剥离许多
仿佛古镇人家依旧
花香已渗出了墙外

8

一名七岁古筝女
弹奏着行云流水

让楼塔的风水
一下子生动起来

9

里弄里多的是青砖黛瓦
转弯处少不了旗袍回眸
十碗飘香,勒住了路人的脚步
一场似曾相识的演出
道尽一群人的乡愁

若不是熟门熟路的眼泪
无人能打开,这生锈的铜锁

10

楼拾级而上
便是琴键
塔向四围山坡漫游
就成了诗

一辈子与诗歌做情人
只记得向上的路
来不及欣赏
俯视的风景……

楼塔三章

冰　水

在洲口桥

一支水
沟渠中有雨的躯体
你发现了什么
旧物沾着模糊不清的魂魄
巫者的手指向明清小楼、石板路和说书人

一支水
历史总有它的闲言碎语
隐匿于风，被说书人费劲地取出
荇草和水中卵石
有坚固的沉静
却也在抖落新鲜之物

孔桥躬身——曾经的苦难
发出足够的光，照着江山和柿子树
现出枝柯交叠的嫣红
在洲口桥，被遮蔽的事物
都被温柔地抚慰

楼家塔的楼

溪南择丘而居
骁勇善战的
楼氏男子有着铜铸的面孔
一个深藏的故事里
丢失的部分是无人知晓的秘密
在盛唐,他从乌伤迁徙而出
以丘为塔,肇基发族

楼家塔的楼,没有杀戮的想象与答案
楼家塔的楼,临泉栖居,田亩金黄
三十个里弄繁殖着冷静的表情
那么多入口面朝过客
老墙凝固锈蚀的晨昏被梦拥戴的神祇,以肉身延续至今

夜晚穿过一条乡路

一条乡路穿过不同朝代,穿过
扼两浙要冲、如虎之踞的仙岩山
仙岩山就是楼家塔,是打开
萧山、富阳、诸暨的密钥

古人骑马而至,削斧验石,筑城设州
其子嗣“有田可耕,有薪可樵”
那时,乡路从沼泽中浮起
酒客在游荡的阳光里高举旗帜

花朵和麻黄开在风里,形状稠密
在它们雀跃的无穷瞬间
乡路为时间和语言架设欢聚与劫离
那些在乡路上晚熟的面庞
并不知道,一个曾经的古战场
多少先人的闪电睡在风中

楼塔四帖

张敏华

1

这楼塔是我想去的，外乡人终于找到乡愁——
我饿了，米糕、青团、红豆粽
微黏、细软、香甜
“好吃，好吃，好吃——”
我脱口而出
一梦到楼塔，叶落归根

2

这楼塔是我想听的，此时
此刻，我的心要忍住
琴声、笛声、二胡声、琵琶声、古筝声
——清风岩下，六百多年的
楼塔细十番，被白墙
黑瓦水墨

3

这楼塔是我想看的，洲口溪边

流淌的水纹藏得浅
晨光中,一只白鹭抖擞活生生的水韵
村姑在溪边用棒槌敲打衣服
溪边一站,就是
百年人间

4

这楼塔是我想爱的,在古镇的
祠堂口转身,斑驳的墙上有难以解开的谜语
触摸这些裸露砖块,无法与历史呼应
——楼塔,是一块搬不动的砖
即使粉碎,也拒绝
腐烂

看不见的塔楼(外二首)

鲁永筑

看不见的塔和楼
藏在看得见的古镇
模糊的菩萨
在弄堂里走动
龙,借着纸身还原
祖先,鞭策着土地

那些慕名而来的外乡人
用一只眼看风景
另一只眼在寻找陌生
还有一只虚无的眼
在抚摸往事

那把绛红色的油纸伞
搁在酱红色的橱柜上
耐心等待
躺椅上熟睡的老妇人

洲口桥

这桥应该有些年头
如同桥下之水忘了来处
如同那个主持造桥的善主
被岁月忘却了仪容

来来往往的过桥人
没有刻下姓名
石板与石板
黏合着前世今生

白云穿过桥头树隙
摇晃在桥下波光里
有几只叫不出名字的鱼
数着无鳞的卵石

安　排

那些祠堂
那些古民居
那些故事
似乎原本就有
不是安排

那个篮球
冷不丁飞过来

砸中一个行人
绝非安排

一场细十番
一段越剧
一曲古筝
乃至一杯姜茶
均有安排

我看到的楼塔人
心思缜密
有心无心
安排着日子

夜晚的星空是你的

莫　莫

夜晚的星空是你的
楼塔溪的夜晚
总要有一夜宿在星光下

看你的身体有江山的曲线
看我踏马而来
为你打下整个星空

冲动时是水,也是酒
用很多种形态涌向你

抱一个盛酒的坛子,空手掬成碗
请仙岩山喝口黄酒
请楼塔溪喝口白酒

请美人抿出一口唇边的深红
请她去吃
甜蜜的夜风和虫鸣

楼塔这盛世模样若没有我们
一定不会醉得好看

夜晚的醉
红的、白的、黄的
柔软的、坚硬的、酥脆的
激进的、保守的、中庸的
全都是你的

一个外乡人，也有了楼塔的记忆（组诗）

朱华丽

楼塔夜色里的外乡人

当古镇披上了夜的保护色
梦就变得柔和而虚静
它轻轻漾起隐匿的一角
隔着洲口桥边簌簌的古樟
将对岸的行人卷进一场盛大的夜宴

浓密的夜色像泼墨，顺着石渠的细流
蜿蜒向北，为古镇罩上一袭缁衣
它紧紧地包裹着来往夜色中的行人
顺着发髻、耳廓、脸庞，潜入
他们陌生但温热的血液中
此刻，一个外乡人
也有了楼塔的记忆

古镇的晚风

入秋的晚风
在悠长的弄堂游荡

夜色里，它柔软而坚硬
扑棱棱地，像野果的绒毛
又像伏在楼塔溪底圆润的卵石
它轻拂着
吹皱了水缸里最后一声轻笑，和
古镇上最后一盏灯光
一个转角，就跌进台门深处的时光里

沧　桑

你望着我的眼眸中，藏着一汪碧水
却比一坛烈性的酡醅
更让人着迷和沉醉
我摇摇晃晃循着你的足迹
酌取醉意
你又摇身成手执瓦缶的老人
从远处山家的灯火中出走
一路吟唱着
千百年来经行的沧桑

隐居闲趣

这里绽放的杜鹃，比别处更狂野些
大约沾了羽化成仙的仙气
矗立在山野深处
水湫边、崖壁上、岩岫旁
独枝或成片地呼应

它们在静寂中兀自喧闹地活着
手中握了一冬的彩缎,把春风燃尽

火热的杜鹃,就像东晋名士许询
从凡尘中抽身,躲进岩下百花丛里
以天地为屋宇,以山川为铺盖
把诗情留给了楼塔溪
把玄理的深幽撒进百药山
把肆意菰蒲的潇洒刻在龙尾巴潭上
岁月匆匆
生命的鲜活,永远钤印在山水田垄间

天都要黑了，花还在开着

黄建明

楼塔溪的水立着，它的坚硬刺向百药山
洲口桥躺着，它装点了楼塔的河山
它们，互不相识

太阳从溪水中升起来
月亮却从天空沉降到水底
它们的家，安在何处
才算是对楼塔最好的安慰

我觉得楼塔最好的一点
是即使在发挥空间这么小的山谷中
还能够伸向历史帷幕的深处

都在排队，石板是，古宅也是
如果每个时间都排着队
会让微风轻松多少
也能让我心里的阴影
在转弯处跳跃

天都要黑了,花还在开着
它是在等待一种张灯结彩的生活
还是在挥霍艺术的平静

楼塔散章(组诗)

蒋兴刚

楼塔溪

今日的楼塔溪与昨日的
又有所变化
急行,散走,九曲十八弯后
像个老人
带着未尽的嘱托
它在老街边上停了停
打开一宗画轴

仙岩山下遇支书

仙岩山是江南水墨的又一座花园
我去的时候山顶积雪正化

一半跑到天上
成了云雾
一半跑向低矮的人间
一路上,穿越千道岩层
必须向燕子

学习迁徙
向新草学会扎根泥土

一路上,滴水也分尊卑
必须向稻草上蹦跶的蚂蚱学习蹦跶
向每粒粮食学习敬畏
向日月星辰
学会穿透层层山岩寂静的阶梯

新　生

这是我来过的楼塔老街吗?

风镐,用最嘹亮的歌唱告诉我——
它打碎的不只是一堆混凝土
要用激荡
留给人间最美的音符
而打风镐的师傅
用动作创作远比我写的诗意气风发
深入现场,老街每一个门面
都经过精心打磨
抱着电钻的小伙子爬上梯子
美丽的老板娘亲自指挥
他们要在高高的墙上打出几个人生
深刻的眼
几棵古树一定是被时间
褪去血肉的骨头

被小心翼翼地保护了起来
这是一片多么温暖的场景
几位老人早已迫不及待围坐在一起
端来茶壶,唱起小曲
过上生活的瘾

楼塔早酒

在楼塔独处的最好方式
是听第一声鸟鸣,看楼塔溪一天的
第一阵奔腾
是来一碗滴了
通透露珠的米酒滋养心田
是一份兰花豆,一碗卤肉面
是朝天的酒桌上
一堆早市淘到的
土豆、花生、苹果
和板栗……

这些简单快乐的事物飞了起来

在楼塔看一场球赛

我回头看,看球人像密集在树上的花簇
打球的人
是扑腾在枝上的灵鸟
他们是小镇的一部分

在这棵树上,三分球是最高的褒奖
有人用他的
少年、中年、老年
用他的清晨、午后、傍晚
投篮,盖帽……
有人用他的睿智来回穿插
不停跑位,甚至
恶意犯规……

是啊,这人世间的球再也放不下了

楼家塔

王葆青

即便披上盛装，也是本色的
不过是淡扫了蛾眉，注目溪流
两个英雄已比试过宝剑
一绺风环绕半岛筑成院墙
楼家塔从来只在风声以内
从龙门传过来的隐约是箫声
而鼓声则被隔绝在山的那边
筝曲在山水上模仿过金石后
从堤坝上落下，累加
化成笛声流出

除了我，楼家塔也在谛听
洲口桥在近处，百药山在高处
它们也在听。山根以上是海洋
那道背景引领了重重叠叠的波澜
楼家塔仍旧是处子和波心
当披挂的波峰只向低处颔首
这道景观仿佛地轴般转动

让我悸动,直到封条撤除
直到仪式卸掉最后一块楼板
楼家塔总算露出了野性

三千年本来就不算太久
楼家塔只是打个盹,做几场梦
我几番叨扰都没能惊扰到它
楼家塔醒来时我们对视着
相互心照不宣,隔宿我也曾安睡过
只为与庄周同梦
过承祁也曾念叨过
直到海水和梦一起风化
仓促间群山羽化成蝶
许大仙旧路迷踪

楼塔(组诗)

思　思

此刻，我离楼塔只有一盏茶的距离

此刻，我离楼塔只有一盏茶的距离
晨光在众生喧哗中醒来
我随着浅浅的指引，漫步山乡的美
她的躯体之美、精神之美、自然之美

缭绕的荷叶盏
把我们围成一方神赐的净土
子民们从手工作坊迈向旅游发展的新篇章

原乡的润色
一直跳动在楼塔人的脉搏中
那是对美、对安定、对认同的渴望

细十番下我瞧见
那神采奕奕的笑脸
那是灵动的乐章谱写着老一辈人的真粹

碧青的平原麦田上

山乡的晨雾是女子柔软的腰身
是父母几代的渴望
是孩童梦向大世界的眼睛

我从楼塔走来

我从楼塔走来
身披千年魏晋风流

我从楼塔走来
以枢纽之要篮球之乡声名远扬

我从楼塔走来
从我的同学肩上走来

把她的家乡
如一枚勋章别在了我们这代人的胸前

楼塔，我该如何描述你

楼塔，我该如何描述你

我没忘记勇敢而苦难的历史
没忘记英勇的人们抛家弃子只为
更多人的黎明

我没忘记清清的河水

细数着从前
旭日升起处是人高歌
“开辟团结解放和平美满”的誓言

我没忘记传奇的异时代
是他们曾经来过
——“许王钱於十楼”相承
在这里生根发芽,赋下诗篇,兴邦爱民

我没忘记楼塔的灯
它是先人的灵魂
多时空且不同角度的照亮
它舞动人于火的渴望,是天人合一的道法自然

楼塔,此刻有一番灵魂在你指尖流淌
你握一握
给这些路人以礼的赞美
以原汁原味的朴实和山乡人从未被遮掩的热血酣畅

楼塔,此刻他们在你的腰间徜徉
请莫把这种抚触当成不敬
那是他们对母亲的迷恋
对七十华诞依然鲜活的肌理的迷恋

楼塔,此时你是祖国的穿针引线
是萧然大地的一方泉眼
是“浙江诗歌节”的首发地
是灵魂当歌向祖国庆生的第一枚彩蛋

楼塔古镇（组诗）

卢爱雪

楼塔古镇

1

楼不是楼，塔不是塔
楼家先人以山丘为塔

许询于竹林溪间羽化成仙
王勃于仙人石上觅百花香

水墨相逢，泼成青石长巷
水墨相望，砌成白墙与黛瓦

偎依相守
——楼与塔

2

阳光刚好，湿度也刚好
白墙黛瓦，如此明朗

山竹与仙人果从正午穿过

凉凉
比如你的影子与我的影子
吹开一片……

白泛出一抹黛,黛洇染一丝白
——哪缕是你,哪缕是我

未知名的小巷

1

一个人踏入一条未知名的小巷……

青石板的高音区,散发出阳光
青石板的低音区,由细十番的笙、箫、笛、琴、胡……
压在韵脚上洗涮
而我停顿在青石板与青石板的
挤缝中

上部的白墙有苦榛子探出窗口
下部的残垣剥落了大片的雪

临界的妊娠纹中,走失过一个孩子
在小巷中来回奔跑
抵在七十二条相通之外的那半条死巷中

回头打听
听说沿巷的药铺多

听说《医学纲目》的药草调理有效

2

七十二条半的古老巷弄，在弹筝者的红绸袖里
婉约与奔跑
弦上流水淙淙
从洲口桥下穿过，散在古镇的空气中

制茶师请访客品茶
恍惚间，不知她是说
白露下的白茶，还是
白茶上的白露

啜饮
小巷尽头
阳光迷离又耀眼

中祠弄三十二号

……紧闭
锈蚀的锁
将木门里的蹄声质押给了谁

你所贩的马匹都已远去
千年的古镇
门檐上悬着，庆善堂的牌匾

阳光侧过身时，石窗上镂空的花鸟

衔住了
探身的影子

访楼曼文纪念馆

整个上午的阳光，照耀
此处……
馆橱玻璃后的俄罗斯长方巾舒展，落下红色的瀑布

那荡漾的红，与脚下土地构成九十度的悬垂
那飞溅的红，在悬崖上撞击，碎成沫
又渗入黑暗的缝隙间
她在监狱中划亮火柴

走出沉默的旋涡
我站在馆外回首
石榴挂满了秋天

访李可染画院

那只湖笔搁浅了
留两只犟牛在世间，牛角相抵斗
你在哪里

从师牛堂觅到有君堂，我在寻你
听说：你已向西，行走三十年

你在路上,还会调和水与墨吗
哦,不
——墨至黑有精,水至淡有韵

你在牛背上放风筝
杨柳正青

访楼英故居

潘开宇

访御医楼英故居
在夏日午后
江南古镇楼塔的亮烈阳光下
常春藤树荫浓密
青砖黛瓦
远处飞檐凌空
清风岩下小溪澹澹
波纹清浅
奔时空的彼端

故居幽深
我迷失在《医学纲目》墨香中
伴你挑灯苦读
穿过你切脉诊病的专注
著书传世的沉静
药架生尘
是你的心愿
我的执念

四十卷文字
清晰如你当年的样子
字里行间
总觉得那是重逢
在梦中
或是前世
隔着悠长的时光
忽然你走来
从京城
或是在故乡
恍惚又闻方歌朗朗
伴唱你人生
从少年
一回头须发皆白

很长很长的岁月流过
很多很多的生命
因你鲜活

走入细十番的乐音
一曲终
暮色已降
仿佛七百年的漫长光阴
转瞬即过
江南的古镇楼塔
多山多水
后山坡

微风吹过野花和云朵
吹过暮色苍茫下
我的衣裙

此刻,我
静静行走在六月的杏林
握一卷医书
追思你的前世
我的今生

楼塔的八月

施淑瑛

那时，凉意已经抵达
从崇山峻岭深处的竹海开始
诗歌用哑语开始比画
那是从春天播下的希望种子
楼塔，是用诗意织成的片片花絮
在久远、古朴的画意中遨游

细十番优美的乐章
从古镇小街里悠悠飘出
历史轮回中脉动的体温
仿佛是我心心念念的期盼
道不尽的莺飞草长
在心底默默收藏

有个地方叫楼塔

许也平

最早听说楼塔，是在儿时
听说了楼塔人的野性，只知道
它南邻诸暨、西靠富阳
打架威猛
是个远近闻名的“惹不起”

我还记得，一个堂亲的姑姑
要远嫁楼塔，大家一筹莫展
姑姑却喜上眉梢
我们哪里能够理解
一个情窦初开姑娘的心声

这个壮实的姑父
对姑姑有多温柔多体贴
成了远近的楷模
再后来，我们还知道
战乱时期，楼塔人的勇猛

如今,这个叫楼塔地方的人们
用心中的念想
把一个古朴的小镇
把满山的翠绿、清澈的溪流
装扮成心中的应许之地